品读唐诗
感悟友善

蒋洪娟　卞珍凤／编著

延边大学出版社

图书在版编目（CIP）数据

品读唐诗 感悟友善 / 蒋洪娟，卞珍凤编著. —延
吉：延边大学出版社，2019.10
ISBN 978-7-5688-8098-5

Ⅰ.①品… Ⅱ.①蒋… ②卞… Ⅲ.①唐诗—诗歌欣
赏 Ⅳ.①I207.227.42

中国版本图书馆CIP数据核字（2019）第231623号

品读唐诗　感悟友善

编　　著：蒋洪娟　卞珍凤

责任编辑：张艳春

封面设计：延大兴业

出版发行：延边大学出版社

社　　址：吉林省延吉市公园路977号　邮　　编：133002

网　　址：http://www.ydcbs.com

E－mail：ydcbs@ydcbs.com

电　　话：0433-2732435　　　　传　　真：0433-2732434

发行部电话：0433-2732442　　　　传　　真：0433-2733056

印　　刷：延边延大兴业数码印务有限责任公司

开　　本：787×1092毫米　1/16

印　　张：10.75　　　　　　　字　　数：270千字

印　　数：550册

版　　次：2022年6月第1版

印　　次：2022年6月第1次

ISBN 978-7-5688-8098-5

定价：45.00元

前言

　　作为人类语言的精华，诗歌的历史几乎和人类思想的历史同样悠久。人类有了精神活动，也就有了诗歌思想和诗歌情愫的伴随。"诗言志，歌咏言"，虞舜在《尚书·舜典》中的这句话一直以来被视为诗歌创作与表现理论的圭臬。

　　历史上，真正展现出人生如诗风采的，是在唐代；历史上，真正将时代的风云变幻，人类的智慧、才情吞吐于诗歌文字的吟唱当中的，也是在唐代。在宋代，诗歌的数量是唐代的数倍；在清代，诗歌数量更是空前，但是，这些诗歌却都没有唐诗那么幸运，去承载一个时代的人们的追求、希望，甚至命运；去凝缩一个时代的人们的济世雄心，报国之志，乃至儿女情长。

　　唐朝是一个繁华鼎盛的朝代。它不仅孕育了辉煌的文明，更成就了千年的诗国高潮。李敖说，他最想做唐朝人。鲁迅说，好诗在唐朝都已作尽。唐朝以诗赋取士，时尚所致，几乎形成了一个全民皆诗的盛况。体味人生并感悟自我，几乎成为唐诗永恒的主题。

　　那是一个朝气蓬勃的朝代，一个充满了少年精神的朝代，到处都能够听到对青春和理想的讴歌，对人生境界和人生智慧的追求和膜拜。年轻的诗人辞别父母，壮岁去国，踏上远行的道路，对他们来说，理想和抱负不仅是实现人生价值的动力，也是改变命运的内在动力。在实现理想和抱负的过程中，他们有成功，也有机遇；有失望，也有失落。成功了，有成功者的自豪；失落了，有失落者的悲吟和反思。有的感叹命运的不济，一改初衷，通过"巧宦"而青云直上，如曾经留下"诚知此恨人人有，贫贱夫妻百事哀"的元稹。当然，矢志不渝者也大有人在，"致君尧舜上，再使风俗淳"是诗圣杜甫的最高理想，即使在经历了大半生的颠沛流离之后，他"苦己利人"的初衷依旧："安得广厦千万间，大庇天下

寒士俱欢颜，风雨不动安如山。呜呼！何时眼前突兀见此屋，吾庐独破受冻死亦足。"（《茅屋为秋风所破歌》）

不同的人生取向显示出诗人们不同的境界。入世者有入世者的大气，如名相裴度的绿野堂，李德裕的平泉庄，都成为当日追求功名事业的文人的圣地，直到数百年后一代词宗辛弃疾为尚书韩元吉祝寿，还将其与东晋谢安的东山歌酒风流相提并论，不无神往地写道："绿野风烟，平泉草木，东山歌酒。待他年，整顿乾坤事了，为先生寿。"出世者有出世者的雅致，从"宿昔朱颜成暮齿，须臾白发变垂髫。一生几许伤心事，不向空门何处销"（《叹白发》）这一灰色的情绪，到"山中相送罢，日暮掩柴扉。春草明年绿，王孙归不归"（《送别》）的从容淡泊，不难看出一代诗佛王维的情感由浓而淡的变化。

不仅限于此，执着与洒脱的转化，洞察与迷失的分界，对现实的剖析与干预，对历史的反思与借鉴，人与人、人与自然关系的协调，动与静、虚与实诸种美学要素的安排，同样洋溢在唐代诗人的诗句中。

其实，无论就人生观念还是风俗习惯，唐代都可以说是古代社会中的"现代社会"，唐诗中丰富的人生体验、人生理解与人生思考不仅是他们生活的写照，也给我们留下了耐人寻味的诗句，我们常说"诗意人生是人生的最高境界"，那么我们为什么不能从唐诗里获得人生智慧的启迪，来抚去现代社会的某些惨淡和冰冷，增添一些善意呢？

在今天，我们这些自诩为空前先进的现代人，整日面对着太多的诱惑和太大的压力，在不懈的拼搏中，逐渐迷失了自我。也许，我们的确应该透过已经有些遥远的时空，去触摸久违了的古典歌吟中那茅檐下翻飞的燕子，那古道尘中缓缓前行的骏马，那驴背斜骑寻找诗句的骚人，还有那诗意送别中的感伤劳歌，那历尽情海劫波的叮咛。

总有些东西不应该被湮灭，总有些东西会执着地从历史深处浮现，以其不灭的智慧之光照耀着我们贫乏的心灵，以其永恒的超脱感缓解我们的压抑，以其流淌的隽永之思抚慰我们浮躁的心灵。

让我们从唐诗读起，感悟其中的"善"。

目录

第三章

思乡送别诗　善抒心绪　至真至善

第四章

忧国忧民诗　善诉疾苦　尽情尽善

第五章

边塞爱国诗　善描边塞　和善一家

第六章

干谒酬赠诗　善解人意　与人为善

第一章

山水田园诗 善待自然 美善合一

唐朝那些优雅的诗人们在日常生活中温和有趣，彬彬有礼，充满了一种友善和蔼的亲和力，散发着柔和的光芒。

诗人们亲近自然，与自然万物丝毫没有距离感。每一种花草，每一种鸟兽，诗人们都能在一瞬间找到与它们的共鸣点，然后在咏叹中拉近彼此的距离，并逐渐融为一体。面对自然，诗人们自信而仁慈，保持着平和友好的心态，田园牧歌是诗人的心灵的家园。

春光明媚，万紫千红，一株繁茂的柳树立在眼前，诗人贺知章《咏柳》说：

碧玉妆成一树高，万条垂下绿丝绦。

不知细叶谁裁出，二月春风似剪刀。

在贺知章眼里，柳树就像一位经过梳妆打扮的美人，千万条柳枝像美女的长发，又如腰间的丝绦，在早春二月的柔风中显得越来越丰美、明亮——因为柳枝也越来越长，柳叶也越来越密的缘故。柳树，是春天的点缀，又是春姑娘的化身。

漫步在《稻田》之中，我们看韦庄的心情：

绿波春浪满前陂，极目连云罢亚肥。

更被鹭鸶千点雪，破烟来入画屏飞。

满眼的春浪，满眼肥壮的稻禾，令人好像已经嗅到了稻米的芳香，如果思路仅限于此，那么恐怕只会将诗人定格为一个贪吃的饥汉子而已。然而诗人并没有被眼前的景色局限，当他看到，千万只鹭鸶如千万点雪花，在沉沉雾霭的背景下，扑面而来，恍恍惚惚，他也有刹那间的走神：这究竟是稻田上空的雾中鹭鸶，还是家中花屏上的鹭鸶破空而来？

淳朴的山水田园，简约的乡间景色，透过诗人充满亲切感的点染，一切便显得熟悉而有味，如同小时候门前惯见的风景和后院的花香。我们看王维的《鸟鸣涧》：

人闲桂花落，夜静春山空。

月出惊山鸟，时鸣春涧中。

人闲，物闲，万籁俱寂的山林在月出之前的那段时间，静得能够听见细细的桂花飘落的声音，浓郁的花香刹那间充满了空旷的山中；忽然，一弯细月探出山头，转眼间变为一轮满月，如水的月光洒满人间，月光挤压着花香，月光填充着静谧的空山，受到惊扰的鸟儿冲天而起，鸣叫声在山野回荡，提醒着人们：山，还是空山；夜，还是静夜。

唐人对山水田园的亲切感还真的不是装出来的，面对自然，他们是在用心灵去感受、去体味，而不是居高临下去观察那山山水水一草一木；面对自然风光，诗人们真的做到了这一点，他们把眼前大大小小的活物都看作活生生的精灵，俯下身去，用一颗平等的心去感受、去沟通、去对话。你看白居易的《大林寺桃花》：

> 人间四月芳菲尽，山寺桃花始盛开。
>
> 长恨春归无觅处，不知转入此中来。

江西庐山海拔高，因此山上气候和周围甚至山下地区有所不同，往往山下晴空万里，而山上却大雨倾盆；或者山下烈日炎炎，而山上凉风习习。白居易游庐山大林寺，遇见的正是这种情况，农历四月山下已经是春花凋零，诗人登上庐山步入大林寺，出乎意料地发现这里才春花绽放，惊讶之余，发出感叹：常常遗憾春光归去无处寻觅，谁知原来跑到这里来了。在诗人眼中，春天变成了一个调皮的顽童，被寻春的诗人逮到，宛若山村老翁逮住顽皮的小孙子，慈爱地领着他回家。

风景是令人感到亲切的风景，生活于其中的人们，也是随和的主人。我们看王维的《山中送别》：

> 山中相送罢，日暮掩柴扉。
>
> 春草明年绿，王孙归不归。

住所不是华丽的高楼大厦，而是苍苍山野中一栋普通的茅屋，装饰这茅屋的是同样普通的柴扉。没有客套，没有多余的寒暄，临别之际，诗人只是轻轻地问道：春草明年依旧绿，你来还是不来呢？笑一笑，挥一挥手，然后掩上柴门，将离别的愁绪关在门外。惜别之情，都在话外。

豪放的李白在春天里曾经有过浓重的愁绪和《春思》：

燕草如碧丝，秦桑低绿枝。

当君怀归日，是妾断肠时。

春风不相识，何事入罗帏？

浓浓的青草和浓浓的绿枝压在远人心头，如同思妇沉重的思念，忧郁之中，于是吹拂过帷幕的微风也成了嗔怪的对象。

唐诗中偶尔也有思念，那种朦朦胧胧、如梦如幻的情人间的感觉，张沁有一首《寄人》：

别梦依依到谢家，小廊回合曲阑斜。

多情只有春庭月，犹为离人照落花。

酷怜风月为多情，还到春时别恨生。

倚柱寻思倍惆怅，一场春梦不分明。

诗人梦中回到了伊人的家——小廊回环，栏杆依旧，然而不等相见，已是好梦惊醒，只有庭前多情的月光，轻轻拍打着落花，为诗人的愁绪而叹息。在春光明媚的夜晚，诗人只能倚柱望月，在月光的抚慰下，回味着梦境中的刹那芳华。古人没有我们今天发达的通信和交通，但是受到的情感困扰却与今人没有什么不同。我们这些居住在钢筋混凝土建筑里的现代人，终日被周围的噪声所困扰之时，遥想唐人身边柔柔的月光和淡淡的微风，又该有怎样的感想呢？

天地间的风景，风景里的人，人心中的情感，构成了和谐的生存空间，他们在人的活动中相互渗透，成为友善和亲切氛围的基础。我们看崔颢的《长干曲》：

君家何处住？妾住在横塘。

停船暂借问，或恐是同乡。

家临九江水，来去九江侧。

同是长干人，自小不相识。

下渚多风浪，莲舟渐觉稀。

那能不相待？独自逆潮归。

三江潮水急，五湖风浪涌。

由来花性轻，莫畏莲舟重。

泛舟的少女见到对面的男子，略带羞涩，靠船上前搭话："我家住横塘，看你有些面熟，说不定我们是同乡。"聪明的男子心领神会，对女子的心意做出了积极回应："我家就在九江旁边，年年来往在九江之上，我们都是长干人，只不过小时候就没有见面罢了。"一段充满江南水乡情韵的对话，宛若一幅山水小品，折射出唐人纯朴的心境。

清新隽永中的醇厚

过故人庄

孟浩然（唐）

故人具鸡黍，邀我至田家。
绿树村边合，青山郭外斜。
开轩面场圃，把酒话桑麻。
待到重阳日，还来就菊花。

作品鉴赏

　　这是一首田园诗，描写农家恬静闲适的生活情景，也写老朋友的情谊。通过写田园生活的风光，写出诗人对这种生活的向往。全文十分押韵，由"邀"到"至"到"望"又到"约"，一径写去，自然流畅，语言朴实无华，意境清新隽永。诗人用亲切省净的语言，如话家常般的形式，写了从往访到告别的过程。其写田园景物清新恬静，写朋友情谊真挚深厚，写田家生活简朴亲切。

　　全诗描绘了美丽的山村风光和平静的田园生活，用语平易浅近，叙事自然流畅，没有渲染及雕琢的痕迹。然而感情真挚，诗意醇厚，有"清水出芙蓉，天然去雕饰"的美学情趣，从而成为自唐代以来田园诗中的佳作。

　　一、二句从应邀写起，"故人"说明不是第一次来友人家做客。三、四句是描写山村风光的名句，绿树环绕，青山横斜，犹如一幅清淡的水墨画。五、六句写山村生活情趣，面对谷场菜圃，把酒谈论农事，亲切自然，富有生活气息。结尾两句以重阳节还来相聚写出友情之深，言有尽而意无穷。

　　"故人具鸡黍，邀我至田家。""具"和"邀"说明此饭局主人早有准备，体现故友的热情和两人之间的真挚情感。在文学艺术领域，真挚的情感能催笔开花。"感惠徇知"，故人"邀"而诗人"至"，大白话开门见山，简单而随性。以"鸡黍"相邀，既见待客之简朴，又显出田家特有风味。

"绿树村边合，青山郭外斜。"走进村里，诗人顾盼之间竟是这样一种清新愉悦的感受。这两句，上句漫收近景，绿树环抱，显得自成一统，别有天地；下句轻宕笔锋，墙外的青山依依相伴，则让村庄不显得孤独，又展示了一片开阔的远景。由此运用了由近及远的顺序描写景物。这个村庄坐落于平畴而又遥接青山，使人感到清淡幽静而绝不冷傲孤僻。正是由于"故人庄"出现在这样的自然和社会环境中，所以宾主临窗举杯。

"开轩面场圃，把酒话桑麻。"轩窗一开，上句描述的美景即入屋里来，"开轩"二字也似乎是很不经意地写入诗的，细微的动作却表现出主人的豪迈。窗外群山环抱、绿树成荫，窗内推杯换盏、知己相交，这幅场景，就是无与伦比的古人诗酒田园画。"场圃"的空旷和"桑麻"的话题又给人以不拘束、舒展的感觉。读者不仅能领略到强烈的农家风情、生产劳动的气息，甚至仿佛可以嗅到场圃上的泥土味，看到庄稼的成长和收获。这两句和前两句相结合，绿树、青山、村舍、场圃、桑麻和谐地构成一幅优美宁静的田园风景画，而宾主的欢笑和关于农事的话语，都仿佛萦绕在读者耳边。这就是盛唐社会的现实色彩。

"待到重阳日，还来就菊花。"孟浩然深深为农庄生活所吸引，于是临走时，向主人率真地表示将在秋高气爽的重阳节再来，观赏菊花，品菊花酒。淡淡两句诗，故人相待的热情、做客的愉快、主客之间的亲切融洽等都跃然纸上。杜甫的《遭田父泥饮美严中丞》中说："月出遮我留，仍嗔问升斗。"杜甫诗中田父留人，情切语急；孟浩然诗中与故人再约，意舒词缓。杜甫的郁结与孟浩然的恬淡之别，读者从这里可以窥见一二。

这首诗以一种淡淡的平易近人的风格，与诗人描写的对象——朴实的农家田园和谐一致，体现了形式与内容的高度呼应，恬淡亲切却又不是平浅枯燥，它是在平淡中蕴藏着深厚的情味。一方面固然是每个句子都几乎不见费力锤炼的痕迹，另一方面每个句子又都不曾显得薄弱。诗人把艺术美融入整个诗作之中，显得自然天成。这种不炫奇猎异，不卖弄技巧，也不光靠一两个精心制作的句子去支撑门面的写法，是艺术水平高超的表现。正是因为有真彩内映，所以出语洒落，浑然省净，使全诗从"淡抹"中显示了它的魅力，而不再需要"浓饰盛妆"了。

第一章 山水田园诗 善待自然 美善合一

7

新奇幽美中的情趣

南园十三首

（节选八首）

李贺（唐）

其一

花枝草蔓眼中开，
小白长红越女腮。
可怜日暮嫣香落，
嫁与春风不用媒。

其四

三十未有二十余，
白日长饥小甲蔬。
桥头长老相哀念，
因遗戎韬一卷书。

其五

男儿何不带吴钩，
收取关山五十州。
请君暂上凌烟阁，
若个书生万户侯？

其六

寻章摘句老雕虫，
晓月当帘挂玉弓。

不见年年辽海上，
文章何处哭秋风？

其七

长卿牢落悲空舍，
曼倩诙谐取自容。
见买若耶溪水剑，
明朝归去事猿公。

其八

春水初生乳燕飞，
黄蜂小尾扑花归。
窗含远色通书幌，
鱼拥香钩近石矶。

其十

边让今朝忆蔡邕，
无心栽曲卧春风。
舍南有竹堪书字，
老去溪头作钓翁。

其十三

小树开朝径，
长茸湿夜烟。
柳花惊雪浦，
麦雨涨溪田。
古刹疏钟度，
遥岚破月悬。

沙头敲石火，

烧竹照渔船。

作品鉴赏

其一

这是一首描摹南园景色、慨叹春暮花落的小诗。

前两句写花开。春回大地，南园百花竞放，艳丽多姿。首句的"花枝"指木本花卉，"草蔓"指草本花卉，"花枝草蔓"概括了园内所有的花。其中"花枝"高昂，"草蔓"低垂，一者刚劲，一者柔婉，参差错落，姿态万千。李贺写诗构思精巧，详尽密致，于此可见一斑。次句"小白长红"写花的颜色，意思是红得多，白得少。"越女腮"是由此产生的联想，把娇艳的鲜花比作越地美女的面颊，赋予物以某种人的形象，从而显得格外精神。

后两句写花落。日中花开，眼前一片姹紫嫣红，真是美不胜收。可是好景不长，到了"日暮"，百花凋零，落红满地。"可怜"二字表达了诗人无限惋惜的深情——是惜花、惜春，也是自伤自悼。李贺当时不过二十来岁，正是年轻有为的时期，却不为当局所重用，犹如花盛开时无人欣赏。想到红颜难久，容华易谢，不免悲从中来。"落花不再春"，待到花残人老，就再也无法恢复旧日的容颜和生气。末句用拟人的手法写花落时身不由己的状态，"嫁与春风不用媒"，委身于春风，不需媒人撮合，没有任何阻拦，好像两相情愿。其实，花何尝愿意离开木枝，随风飘零，只为盛时已过，无力撑持，春风过处，便不由自主地坠落下来。这句的"嫁"字与第二句中的"越女腮"相映照，越发显得悲苦酸辛。当时盛开，颜色鲜丽，宛如西施故乡的美女，而今"出嫁"，已是花残"人老"，非复当时容颜，抚今忆昔，倍增怅惘。结句婉曲深沉，制造了浓烈的悲剧气氛。这首七言绝句，以赋笔为主，兼用比兴手法，清新委婉，风格别具，是不可多得的抒情佳品。

其四

此诗表达了诗人欲弃文从武、为国效力的抱负。首句写年龄，抒发了怀才不遇、英年遭弃的愤懑情怀。次句则写诗人困苦的处境，为下文投笔从戎的描写做必要的铺垫。后两句表明诗人对前途并没有感到绝望，祈愿能以投笔从戎的方式得到重用，从而有一番作为，为国效力。全诗辞意显豁，情怀激越，体现了李贺诗风激壮豪迈的一面。

其五

这首诗由两个设问句组成，既顿挫激越，又直抒胸臆，把家国之痛和身世之悲都淋漓酣畅地表达出来了。

第一个设问是泛问，也是自问，含有"国家兴亡，匹夫有责"的豪情。"男儿何不带吴钩"，起句峻急，紧连次句"收取关山五十州"，犹如悬流飞瀑，从高处跌落而下，显得气势磅礴。"带吴钩"指从军的行动，身佩军刀，奔赴疆场，那气概多么豪迈！"收复关山"是从军的目的，山河破碎，民不聊生，诗人怎甘心蛰居乡间，无所作为呢？因而他向往建功立业，报效国家。一、二两句，十四字一气呵成，节奏明快，与诗人那昂扬的意绪和紧迫的心情十分契合。首句"何不"二字极富表现力，它不只构成了特定句式（疑问），而且强调了反诘的语气，增强了诗句传情达意的力度。诗人面对烽火连天、战乱不已的局面，焦急万分，恨不得立即身佩宝刀，奔赴沙场，保卫家邦。"何不"云云，反躬自问，有势在必行之意，又暗示出危急的军情和诗人自己焦虑不安的心境。此外，它还能让读者感受到诗人那郁积已久的愤懑情怀。李贺是个书生，早就诗名远扬，本可以才学入仕，但这条进身之路被"避父讳"这一封建礼教无情地堵死了，使他没有机会施展自己的才能。"何不"一语表示实在出于无奈。次句一个"取"字，举重若轻，有破竹之势，生动地表达了诗人急切的救国心愿。然而"收取关山五十州"谈何容易？书生意气，自然成就不了收复关山的大业，而要想摆脱眼前悲凉的处境，又非经历戎马生涯，杀敌建功不可。这一矛盾，突出表现了诗人愤激不平之情。

"请君暂上凌烟阁，若个书生万户侯？"诗人问道：封侯拜相，绘像凌烟阁的，哪有一个是书生出身？这里诗人不用陈述句而用设问句，牢骚的意味显得更加浓郁。看起来，诗人是从反面衬托投笔从戎的必要性，实际上是进一步抒发怀才不遇的愤激情怀。由昂扬激越转入沉郁哀怨，既见反衬的笔法，又见起伏的节奏，峻急中作回荡之姿。就这样，诗人把自己复杂的思想感情表现在诗歌的节奏里，使读者从节奏的感染中加深对主题的理解、感受。

李贺《南园十三首》组诗，多就园内外景物讽咏，以写其生活与感情。但此首不借所见发端，却凭空寄慨，于豪情中见愤然之意。

其六

慨叹读书无用、怀才见弃，是这首绝句的命意所在。

第一章　山水田园诗　善待自然　美善合一

诗的前两句描述艰苦的书斋生活，其中隐隐地流露出怨艾之情。首句说"我"的青春年华就消磨在这寻章摘句的雕虫小技上了。此句诗意好像有点自卑自贱，颇耐人寻味。李贺向以文才自负，曾把自己比作"汉剑"，"自言汉剑当飞去"（《出城寄权璩、杨敬之》），抱负远大。可是，现实无情，使他处于"天荒地老无人识"（《致酒行》）的境地。"雕虫"之词出于李贺笔下，显然是愤激之辞。句中的"老"字用作动词，有终老纸笔之间的意思，包含着无限的辛酸。

次句用白描手法显现自己刻苦读书、发奋写作的情状：一弯残月，低映檐前，抬头望去，像是当帘挂着的玉弓；天将破晓，而自己还在孜孜不倦地酌句谋篇。这里，诗人惨淡苦吟的精神和他那只有残月做伴的落寞悲凉的处境形成鲜明的比照，其暗示性很强。

读书为何无用？有才学为何不能见用于世？三、四句遒劲悲怆，把个人遭遇和国家命运联系起来，揭示了造成诗人内心痛苦的社会根源，表达了诗人郁积已久的忧愤情怀。"辽海"指东北边境，即唐河北道属地，泛指现在辽宁省东南一带。从元和四年（公元809年）到元和七年，这一带割据势力先后发生兵变，全然无视朝廷的政令。唐宪宗曾多次派兵讨伐，屡战屡败，弄得天下疲惫，而藩镇割据的局面依然如故。国家多难，民不聊生，这是诗人所以要痛哭流涕的原因之一；由于战乱不已，朝廷重用武士，轻视儒生，以致斯文沦落，这是诗人所以要痛哭流涕的原因之二。末句的"文章"指代文士，实即诗人自己。"哭秋风"不是一般的悲秋，而是感伤时事、哀悼穷途的文士之悲。此与屈原的"悲回风之摇蕙兮，心冤结而内伤。……鱼葺鳞以自别兮，蛟龙隐其文章"（《九章·悲回风》）颇有相似之处。时暗君昏则文章不显，这正是屈原之所以"悲回风"（"回风"即秋风）、李贺之所以"哭秋风"的真正原因。

这首诗比较含蓄深沉，在表现方法上也显得灵活多变。首句叙事兼言情，满腹牢骚通过一个"老"字倾吐出来，炼字的功夫极深。次句写景，亦即叙事、言情，它与首句相照应，刻画出诗人勤奋的书斋生活和苦闷的内心世界。"玉弓"一词，暗点兵象，为"辽海"二句伏线，牵丝带笔，曲曲相关，展现出文心之细。第三句只点明时间和地点，不言事（战事）而事自明，颇具含蓄之致。三、四两句若即若离，似断实续，结构设计得非常精巧；诗人用隐晦曲折的手法揭示了造成斯文沦落的社会根源，从而深化了主题，加强了诗歌的感染力量。

其七

这是一首述怀之作。前两句写古人，暗示前车可鉴；后两句写自己，宣称要弃文习武，易辙而行。

首句描述司马相如穷愁潦倒的境况。这位大辞赋家才气纵横，早年因景帝"不好辞赋"，长期沉沦下僚，后依梁孝王，侧身门下，过着闲散无聊的生活。梁孝王死后，他回到故乡成都，家徒四壁，穷窘不堪。（见《汉书·司马相如传》）"空舍"，正是这种情况的写照。李贺以司马相如自况，出于自负，更出于自悲。次句写东方朔。这也是一位很有才能的人，他见世道险恶，在宫廷中常以开玩笑的形式进行讽谏，以避免直言忤上。结果汉武帝只把他当作俳优看待，而在政治上不予信任。有才能而不得施展，诙谐取容，怵惕终生，东方朔的遭遇是斯文沦丧的又一个例证。诗人回顾历史，瞻望前程，不免感到茫然。

三、四句直接披露怀抱，借用春秋越国范蠡学剑的事迹，表示要弃笔投戎。既然历来斯文沦丧，学文无用，倒不如买柄利剑去访求名师，学习武艺，或许还能有一番作为。诗人表面显得很冷静，觉得还有路可走，其实这是他在屡受挫折，看透了险恶世道之后发出的哀叹。李贺的政治理想并不在于兵戈治国，而是礼乐兴邦。弃笔投戎的违心之言，只不过反映了理想幻灭时痛苦而绝望的反常心理。

这首诗中，诗人把自己和前人糅合在一起，把历史和现实糅合在一起，把论世和述怀糅合在一起，结构新奇巧妙。诗歌多处用典，或引用古人古事据以论世，或引用神话传说借以述怀。前者是因，后者是果，四句一气呵成，语意连贯，所用的典故都以各自显现的形象融入整个画面之中，无今无古，无我无他，显得浑化蕴藉，使人有讽咏不尽之意。

其八

南园的春天，生机勃勃，富有意趣。春水初生，乳燕始飞，蜂儿采花酿蜜，鱼儿拥钩觅食，这些都是极具春天特征的景物，而远景透过窗户直入书房，使人舒心惬意，欢欣不已。这首诗生动传神，清新流转，读来令人神清气逸。

其十

李贺曾得到韩愈的推重和相助，但仍不得志。这首诗则反映了他无心苦

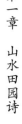

吟，打算写字消遣，年老时做一个渔翁了事的抑郁心情。

其十三

这是一首诗，也是一幅画。诗人以诗作画，采用移步换形的方法，就像绘制动画片那样，描绘出南园一带从早到晚旖旎动人的水色山光。

一、二句写晨景。夜雾逐渐消散，一条蜿蜒于绿树丛中的羊肠小道随着天色转明而豁然开朗。路边的蒙茸细草沾满了露水，湿漉漉的，分外苍翠可爱。诗歌开头从林间小路落笔，然后由此及彼，依次点染。显然，它展示的是诗人清晨出游时观察所得的印象。

三、四句写白昼的景色。诗人由幽静、逼仄的林间小道来到空旷的溪水旁边。这时风和日暖，晨露已晞，柳絮纷纷扬扬，飘落在溪边的浅滩上，白花花的一片，像是铺了一层雪。阳春三月，莺飞草长，诗人沿途所见多是绿的树、绿的草、绿的田园。到了这里，眼前忽地出现一片白色，不禁大为惊奇。惊定之后，也就尽情欣赏起这似雪非雪的奇异景象来。

诗人在诗中着意刻画了田园生活的安逸，流露出浓厚的归隐情绪，体现了诗人对仕途的失望、无奈之感。

明快浅近中的质朴

竹枝词九首

刘禹锡（唐）

其一

白帝城头春草生，
白盐山下蜀江清。
南人上来歌一曲，
北人莫上动乡情。

其二

山桃红花满上头，
蜀江春水拍山流。
花红易衰似郎意，
水流无限似侬愁。

其三

江上朱楼新雨晴，
瀼西春水縠文生。
桥东桥西好杨柳，
人来人去唱歌行。

其四

日出三竿春雾消，
江头蜀客驻兰桡。
凭寄狂夫书一纸，
家住成都万里桥。

其五

两岸山花似雪开，
家家春酒满银杯。
昭君坊中多女伴，
永安宫外踏青来。

其六

城西门前滟滪堆，
年年波浪不能摧。
懊恼人心不如石，
少时东去复西来。

其七

瞿塘嘈嘈十二滩，
此中道路古来难。
长恨人心不如水，
等闲平地起波澜。

其八

巫峡苍苍烟雨时，
清猿啼在最高枝。
个里愁人肠自断，
由来不是此声悲。

其九

山上层层桃李花，
云间烟火是人家。
银钏金钗来负水，
长刀短笠去烧畬。

《竹枝词九首》是吟咏风土人情的民歌体乐府诗。这组民歌体诗，有的是反映爱情生活的，有的是描写夔州一带的山川景物和风土人情的，有在白帝城头和瀼溪桥上唱歌的人，有昭君坊里和永安宫外的游女，有旅居在此地的妇人托返回成都的船带信给丈夫，有住在山头的女子到江边来取水，男子到山下来烧草灰肥田——九首诗组成了一幅风俗画。《竹枝词九首》语言明快浅近，清新流丽，具有浓郁的生活气息和地方特色。有人认为，这些作品是词作，是词文化的开端：用朴实的语言开始写意中国的文化。

其一

这一首开头两句写夔门山水雄阔隽秀之美。"白帝城头春草生"写高处。白帝城在濒临长江的白帝山上，时值春天，城头百草茂盛。一个"生"字写出百草依视线次第出现，又写出百草滋生之广。草因城脱俗，城缘草而含生机。"白盐山下蜀江清"写低处。蜀江即指白盐山脚下的一段长江：江水清澈倒映云天，又有耸入长空的白盐山作背景，山水互映，各尽其妙。"南人上来歌一曲"写当地人以雄山碧水为背景放声高歌。此句虽未直接写歌的内容与歌的悦耳，但因一、二两句雄阔灵秀山水的烘托渲染，便自然地表现出歌声的优美。"北人莫上动乡情"，笔锋一转，写路上的异乡人受那歌声的感染，触发思乡之情。此句当为全诗主旨所在。此诗之妙，其一在动词传神，用白描手法勾勒出耐人品味的人物形象；其二在一景两用，烘托渲染人物形象；其三在意味的绵长婉转和境界的高远。

其二

这一首写一个深情女子在爱情受到挫折时的愁怨。这原是一个很古老的主题，而表现这个古老主题的这首小诗，其情景之浑化无迹，意境之高妙优美，却是罕见无比的。首两句，写女主人公所在之环境：山上桃花盛开，江中春水方涣，春意正浓。唯其如此，才触动了她的春思，进而引发了她的愁情。与此同时，山上盛开的桃花将见飘零，江间拍岸的碧水却悠悠无尽，这景象又为她的愁情提供了再确切不过的表达形式，于是信手拈来，遂成下两句抒情语。旖旎的风光和内心的情愫，真可谓妙合无痕。

其三

这一首写当地民俗风情。杨柳本是夹河而生的，诗人用"桥东""桥

西"加以重复指示，把人的视线牵移到此，在人的刻意关注中，杨柳也似乎更加繁盛，春的气息便愈加浓郁可感。把桥上的行人用"人来人去"来表现，以见其熙熙攘攘，人流涌动，充满了动感，紧接着缀以"唱歌行"三字，歌声与往来行人牵引杂合，忙碌而繁闹的市井气息扑面而来。土俗民风的独特性因这些词语的重复而得到了更突出的显示。

其四

这一首写女子对丈夫的思念。诗中的"兰桡"和"狂夫"属于文人用典，与竹枝词的风格不合，有卖弄典故之嫌。"狂夫"一词源自《诗经》，作为妇女称呼自己丈夫的谦辞，曾被唐代诗人大量使用。这里既是用典，又是时俗，加上诗中女子给远在成都那个商业兴盛、水陆繁忙之地万里桥的丈夫捎信时思念、嗔怒交织的口吻，生动地表现出女主人公对丈夫怨爱交加的情感。

其五

这一首写春日踏青时所见的蜀地民俗及风光。两岸山花怒放，家家春酒满杯，一派融融的春意，生活气息很浓。可在表现农村风情，尤其是山村春色时借用。春天来了，万物复苏。河开冰融，两岸花开，雪一样白，连绵一片，异常茂密。这里诗人不写稻麦的苗壮，只写山花的茂盛如雪，以此渲染大自然的欣欣向荣，创造一种丰年的氛围。粮有余而酿酒，"家家春酒满银杯"，生活是富足的。饮食不写鸡鸭鱼肉的大荤盛宴，只写用银杯饮春酒，更显现农家桃花源式生活的恬淡，同时让人切身感受到一种家家举杯痛饮的喜庆气氛，给人以吉祥安宁的深刻印象。

其六

这一首用波浪不能摧毁滟滪堆起兴，并以此比喻"人心不如石"。诗人把"人心"和"石"这些原本不相关的物象在特殊的语境联系起来，于平常中出新意，使诗人要表达的意思形象化。这里的比喻与"国风"中本体和喻体简单的一一对应、具体直观表述的比喻不太一样，而是用比喻来表达心中的幽怨愁情，用在对人生的感慨和恋情的抒发上。如"人心不如石"一句，"人心"和"石"本没有可比性，二者之间本不能构成对应关系，但在具体的语境中，二者却因用比喻而建立起意象的联想机制。诗人把他的人生感悟融进这两个比喻之中，形象而深刻地传达心中的隐痛和感伤。

其七

这一首从瞿塘峡的艰险借景起兴，引出对世态人情的感慨。"瞿塘嘈嘈十二滩，此中道路古来难"，描绘出瞿塘峡的道路险阻之形势。从"十二滩"中可以想见其险绝情况。面临着惊涛拍岸、险阻重重的瞿塘峡，诗人由江峡之险联想到当时的世态人情："长恨人心不如水，等闲平地起波澜。"瞿塘峡之所以险，是因为水中有道道险滩，而人间世道"等闲平地"也会起波澜，令人防不胜防，真是"人心"比江峡还要凶险。这是诗人发自内心的感慨之言。诗人参加永贞改革失败以后，屡受小人诬陷，权贵打击，两次被放逐。痛苦的遭遇，使他深感世路维艰，凶险异常，故有此愤世嫉俗之言。说瞿塘之险用"古来难"提起，意为尽人皆知；叹人心之险则用"长恨"领出，主语是诗人自己，点出自己在现实中悟出的人情世态，并且明确表示了自己对它的态度。两句之间有转折，也有深入，以瞿塘之险喻人心之险，命意精警，比喻巧妙，使抽象的道理具体化。

其八

这一首描写三峡景色，尤其是猿啼的情景，抒发了诗人的断肠之情。诗意源自郦道元《水经注》中"巴东三峡巫峡长，猿鸣三声泪沾裳"之说，又以"烟雨"之境增加迷茫凄清之感。而最后两句翻出新意，与《水经注》上说的舟行三峡闻猿啼而断肠不同，而是说不听猿声也肠断，再听猿声，"愁人"的愁苦之情更是不堪忍受，可谓新奇之笔。

其九

这一首表现的是巴东山区人民的劳动生活。全诗宛如一幅风俗画。诗人以漫山开放的桃花、李花和缭绕在蓝天白云之间的缕缕炊烟作为春耕大忙时节的自然背景，并在这背景上点缀在江边汲水为炊的妇女和以刀耕火种的原始方式在田园劳作的男子。在这里，诗人学习了民歌中借代的表现手法，结合夔州山区人民的劳动生活情景，用这两个特写镜头具体描写巴蜀山民的劳动生活图景。这里不仅从穿着装束和劳动的内容上突显了山村农民的特征，带有鲜明的地方色彩，同时也在男耕女炊、村庄男女各当家的画面上显示了劳动人民质朴勤劳的本色。诗中虽无赞美的字样，但诗人的赞美之情却流露那优美的境界之中。在这样的山村中，诗人能感受到，并力图表现出它的自然之美，特别是劳动创造之美。这显示出诗人新颖的审美趣味。

总体上说，《竹枝词九首》是"泛咏风土"之作，不仅吟咏了白帝城头新生的青草、瀼西新晴后的春水、白盐山下清流的蜀江、滟滪堆上的波浪、瞿塘峡中的艰难古道、巫峡的烟雨猿啼这些风物，而且还用托物起兴的手法，

描写了男女的爱情生活。组诗中还提及了春草的绿，春水的清，山桃、朱楼的红，泱泱江水中船家姑娘对唱歌男子的爱慕、期盼和疑虑，不管是色彩明丽的景物描绘，还是民间男女纯洁健康的情感和性格之美都遵循着诗人清丽的审美要求，无不见其"清丽"的意境。诗人擅长对生活中的某个场面进行描写，从而将一幅幅西南少数民族人民劳动的画面展示出来，赋予诗歌鲜明的地方色彩和浓烈的异乡情调。在语言上，诗人吸收民歌的养料，多方面对竹枝词进行再创造，故深得民歌的真髓，既有民歌的活泼明快，又有文人诗的精湛优美，两者韵味交相融合，显得既清新明朗又含蓄华美，既有鲜明的地方情调和浓郁的生活气息，又有强烈的抒情意味，创立了一种新诗风。

生机盎然中的喜悦

钱塘湖春行

白居易（唐）

孤山寺北贾亭西，水面初平云脚低。
几处早莺争暖树，谁家新燕啄春泥。
乱花渐欲迷人眼，浅草才能没马蹄。
最爱湖东行不足，绿杨阴里白沙堤。

作品鉴赏

　　这是一首描绘西湖美景的名篇。这首诗处处扣紧环境和季节的特征，把刚刚披上春天外衣的西湖，描绘得生意盎然，恰到好处。

　　诗的首联紧扣题目总写湖水。前一句点出钱塘湖的方位和四周"楼观参差"的景象，两个地名连用，显示诗人是在一边走一边观赏。后一句正面写湖光水色——春水初涨，水面与堤岸齐平，空中舒卷的白云和湖面荡漾的波澜连成一片，正是典型的江南春湖的水态天容。

　　颔联写仰视所见禽鸟，莺在歌，燕在舞，显示出春天的勃勃生机。黄莺和燕子都是春天的使者，莺声婉转，传播着春回大地的喜讯；燕子勤劳，忙着筑巢衔泥，都写出了初春的生机。"几处"二字，勾画出莺歌的彼应此呼和诗人左右寻声的情态。"谁家"二字的疑问，又表现出诗人细腻的心理活动，并使读者由此产生丰富的联想。

　　颈联写俯察所见花草。因是早春，还未到百花盛开的季节，所以能见到的春花尚不是姹紫嫣红一大片，而是东一团、西一簇，用一个"乱"字来形容。而春草也还没长得丰茂，恰好刚没过马蹄，所以用一个"浅"字来形容。这一联中的"渐欲"和"才能"又是诗人观察、欣赏的感受和判断，这就使客观的自然景物化为带有诗人主观感情色彩的眼中景物，容易让读者受到感染。

　　这两联细致地描绘了西湖春行所见景物，以"早""新""争""啄"表现莺燕新来的动态；以"乱""浅""渐欲""才能"状写花草向荣的趋势。这就准确而生动地把诗人边行边赏的早春气象透露出来，给人以清新之感。前代诗人谢灵运的"池塘生春草，园柳变鸣禽"二句之所以妙绝古今，受到激赏，正是由于他写出了季节更换时这种乍见的喜悦。《钱塘湖春行》以上两联在意境上颇与之相类，而且铺展得更开些。

　　尾联略写诗人最爱的湖东沙堤。白堤中贯钱塘湖，在湖东一带，可以总揽全湖之胜。只见绿杨荫里，平坦而修长的白沙堤静卧碧波之中，堤上骑马游春的人往来如梭，尽情享受春日美景。诗人置身其间，饱览湖光山色之美，心旷而神怡。以"行不足"说明自然景物美不胜收，诗人也余兴未阑。

　　这首诗就像一篇短小精悍的游记，从孤山、贾亭开始，到湖东、白堤结束，一路上，在湖青山绿那美如天堂的景色中，诗人饱览了莺歌燕舞，陶醉于鸟语花香，最后，才意犹未尽地沿着白沙堤，在杨柳的绿荫底下，一步三回头，恋恋不舍地离去了。耳畔还回响着由世间万物共同演奏的春天的赞歌，心中便不由自主地流泻出一首饱含着自然融合之趣的优美诗歌来。

　　前人说"乐天之诗，情致曲尽，入人肝脾，随物赋形，所在充满"（王若虚《滹南诗话》），又说"乐天诗极深厚可爱，往往以眼前事为见得语，皆他人所未发"（田雯《古欢堂集》）。这首诗语言平易浅近，清新自然，用白描手法把精心选择的镜头写入诗中，形象活现，即景寓情，从生意盎然的早春湖光中，体现出诗人游湖时的喜悦心情，是当得起以上评语的。

素朴秀美中的闲适

送灵澈上人

刘长卿（唐）

苍苍竹林寺，杳杳钟声晚。
荷笠带斜阳，青山独归远。

作品鉴赏

　　这首小诗记叙了诗人在傍晚送灵澈返竹林寺时的心情，它借景抒情，构思精致，语言精练，素朴秀美，是唐代山水诗的名篇。

　　前二句写诗人眺望苍苍山林中的灵澈归宿处，远远传来一声声钟响，点明时已黄昏，仿佛催促灵澈归山。诗人以想象之笔，创造了一个清远幽渺的境界。此二句重在写景，景中也寓之以情。后二句即写灵澈辞别归去情景。灵澈戴着斗笠，披带夕阳余晖，独自向青山走去，越走越远。"独归远"显出诗人伫立目送，依依不舍，结出别意。只写行者，未写送者，而诗人久久伫立，目送友人远去的形象却显得非常生动。全诗表达了诗人对灵澈的深挚的情谊，也表现出灵澈归山时的清寂的风度。送别多半黯然情伤，这首送别诗却用一种闲淡的意境，和着诗人的寂寞心情。

　　刘长卿于唐肃宗上元二年（公元761年）从贬谪南巴（今广东茂名南）归来，一直失意待官，心情郁闷。灵澈此时诗名未著，云游江南，心情也是愁闷，在润州逗留后，将返回浙江。二人可谓殊途同归，同有不遇的体验，共怀淡泊的胸襟。这首小诗表现的就是这样一种境界。

　　精美如画，是这首诗的明显特点。但这帧画不仅以画面上的山水、人物动人，而且画外诗人的自我形象也令人回味不尽。那阵阵钟声，触动诗人的思绪；这青山独归的灵澈背影，勾惹诗人的归意。耳闻而目送，心思而神往，正是隐藏在画外的诗人形象。他深情，但不为离别感伤，而是同怀淡泊；他深

思，也不为二人殊途，而是趋归意同。这就是说，这首送别诗的主旨在于它寄托着也表露出诗人不遇而闲适、失意而淡泊的情怀，因而构成一种闲淡的意境。十八世纪法国启蒙思想家狄德罗评画时说过："凡是富于表情的作品可以同时富于景色，只要它具有尽可能具有的表情，它也就会有足够的景色。"（《绘画论》）此诗如画，其成功的原因亦如绘画，景色的优美正由于抒情的精湛。

淡逸清和中的情致

渔 翁

柳宗元（唐）

渔翁夜傍西岩宿，晓汲清湘燃楚竹。

烟销日出不见人，欸乃一声山水绿。

回看天际下中流，岩上无心云相逐。

作品鉴赏

　　这首小诗情趣盎然，诗人以淡逸清和的笔墨勾画出一幅令人迷醉的山水晨景，并从中透露了他深沉而又热烈的内心世界。

　　这首诗取题渔翁，渔翁是贯穿全诗首尾的核心形象。但是，诗人并非孤立地为渔翁画像，作品的意趣也不唯落在渔翁的形象之上。完整地看，构成诗篇全境的，除了辛劳不息的渔翁以外，还有渔翁置身其中的山水天地，这两者在诗中按各自的规律特点留下了发展变幻的形迹。但同时，诗人又把两者浑然融合，渔翁和自然景象结成不可分割的一体，共同显示着生活的节奏和内在的机趣。由夜而晨，是人类活动最丰富的时刻，是万物复苏、生机勃勃的时刻，本诗便以此为景色发展的线索。因此，渔翁不断变换的举止行动和自然景色的无穷变幻便有了共同的时间依据，取得极为和谐的统一。

　　全诗共六句，按时间顺序分三个层次。"渔翁夜傍西岩宿，晓汲清湘燃楚竹。"这是从夜到拂晓的景象。渔翁是这两句中最引人注目的形象，他夜宿山边，晨起汲水燃薪，以忙碌的身影形象地显示着时间的流转。伴随着渔翁的活动，诗人的笔触又自然而然地延及西岩、清湘、楚竹。西岩即永州西山。柳宗元在《始得西山宴游记》一文中曾极言探得西山的欢悦，并描述了西山的高峻——居于西山之巅，"则凡数州之土壤，皆在衽席之下"；而流经山下的湘水"至清，虽深五六丈，见底"（《湘中记》，见《太平御览》卷六十五）。

诗中的"清"字正显示了湘水的这一特点。再加以永州一带（今湖南零陵等地）盛产湘竹，于是，山、水、竹这些仿佛不经意地出现在诗句中的零星物象，却在读者脑海中构成了清新而完整的画面——轻纱般的薄雾笼罩着高山、流水、湘竹……司空图在《诗品》中所述的"是有真迹，如不可知，意象欲出，造化已奇"正可概括此诗首二句的艺术表现特点。这两句既设制了一个秀丽悦目的空间画面，又以夜幕初启、晨曦微露这样流动的时间感引出下面对日出的描述，可以说在时间、空间两方面奠定了全诗活跃而又清逸的基调。

"烟销日出不见人，欸乃一声山水绿。"这是最见诗人功力的妙句，也是全诗的精华所在。若从内容上给予整理，这两句描写的是以下情景：一方面是自然景色——烟销日出，山水顿绿；另一方面是渔翁的行踪——渔船离岸而行，空间传来一声橹响。然而，诗人没有遵循这样的生活逻辑来组织诗句，却从自我感受出发，交错展现两种景象，更清晰地表现了发生于自然界的微妙变幻。前一句中"烟销日出"和"不见人"，一是清晨常见之景，一是不知渔船何时悄然离去的突发意识，两者本无必然的联系，但如今同集一句，却唤起了人们的想象：仿佛在日出的一刹那，天色暗而忽明，万物从朦胧中忽而显豁，这才使人猛然发觉渔船已无踪影。"不见人"这一骤生的感受成为一个标志，划清了日出前后的界限，真实生活中的日出过程得到艺术地强化，以一种夸张的节奏出现在读者眼前。紧接着的"欸乃一声"和"山水绿"更使耳中所闻之声与目中所见之景发生了奇特的依存关系。清晨，山水随着天色的变化，色彩由暗而明，这是一个渐变的过程，但在诗中，随着划破静空的一下声响，万象皆绿，这一"绿"字不仅将青山绿水呈现在读者眼前，而且显示出一种动态感。这可与王安石的著名诗句"春风又绿江南岸"相比较。王安石借春风的飘拂赋"绿"字以动态，而柳宗元则借声响的骤起，不仅赋之以动态，而且赋以顷刻转换的疾速感，生动地显现了日出的景象，更显神奇。德国启蒙运动时期的文艺理论家莱辛在指出诗与画的区别时曾说："一切物体不仅在空间中存在，而且也在时间中存在。物体也持续，在它的持续期内的每一顷刻都可以现出不同的样子，并且和其他事物发生不同的关系……诗在它的持续性的摹仿里，也只能运用物体的某一个属性，而所选择的就应该是，从诗要运用它那个观点去看，能够引起该物体的最生动的感性形象的那个属性。"（《拉奥孔》）柳宗元没有静止地去表现日出的壮丽辉煌，或去描摹日出后的光明世界，他正是充分发挥语言艺术的特长，抓住最有活力、最富生气的日出瞬间，把生活中常见的自然景象表现得比现实还要美好，给人以强大的感染力。

"回看天际下中流，岩上无心云相逐。"日出以后，画面更为开阔。此时渔船已进入中流，而回首骋目，只见山巅上正浮动着片片白云，好似无忧无虑地前后相逐，诗境极是悠逸恬淡。对这一结尾，苏东坡认为"虽不必亦可"，因而还引起一场争论，一时间，宋代严羽、刘辰翁，明代胡应麟、王世贞，清代王士禛、沈德潜等人各呈己见，众说纷纭，但是他们的争论都局限在艺术趣味上，却没有深入体会柳宗元作此诗时的处境和心情。柳宗元在诗文中，曾多次言及他被贬后沉重压抑的心绪，在《与杨诲之第二书》中，他写道："至永州七年矣，蚤夜惶惶。"理想抱负和冷酷的现实产生了尖锐的矛盾，在极度悲愤的情况下，他"但当把锄荷锸，决溪泉为圃以给茹，其隙则浚沟池，艺树木，行歌坐钓，望青天白云，以此为适。"在《始得西山宴游记》中，柳宗元表露得更明白：自余为僇人，居是州，恒惴栗。其隙也，则施施而行，漫漫而游。可见他并非以一颗平静恬淡的心徜徉于山水之间，而是强求宽解，以图寻得慰藉。但是，正如他在《游朝阳岩遂登西亭二十韵》中所叹的那样："谪弃殊隐沦，登陟非远郊。"事实上，他并没有获得真正的解脱。有时候，他因一山一水的遭遇而想及自己的不幸，于是不胜怅惘感慨；有时候，他在登陟跋涉中意有所感，情不自禁地显露出不平和抗争，正因为如此，他更强烈地希求摆脱这种精神的压抑。所以，与其说《渔翁》以充满奇趣的景色表现出淡逸的情调，不如说更袒露了隐于其后的一颗火热不安的心。这是热烈的向往，是急切的追求，诗中显示的自由安适的生活情趣对于处在禁锢状态的诗人来说，实在是太珍贵、太美好了。于是，在写下日出奇句之后，诗人不欲甘休，以更显露地一吐自己的心愿为快，化用陶渊明《归去来兮辞》中"云无心以出岫"的句子，宕开诗境，做了这样的收尾。只有真正体会了柳宗元的现实处境，才能理解他结句的用心。诗人自始至终表现渔翁和大自然的相契之情，不仅出于艺术表现的需要，同样体现着他对自由人生的渴求。这也说明，要深入领会一篇作品的艺术风格，常常离不开对诗人思想感情的准确把握。

素雅玄远中的志趣

汉江临眺

王维（唐）

楚塞三湘接，荆门九派通。

江流天地外，山色有无中。

郡邑浮前浦，波澜动远空。

襄阳好风日，留醉与山翁。

作品鉴赏

本诗可谓王维融画法入诗的力作。

"楚塞三湘接，荆门九派通。"一笔勾勒出汉江雄浑壮阔的景色，并作为画幅的背景。春秋战国时期，湖北、湖南等地都属于楚国，而襄阳位于楚之北境，所以这里称"楚塞"。诗人泛舟江上，纵目远望，只见莽莽古楚之地和从湖南奔涌而来的"三湘"之水相连接，汹涌汉江入荆江而与长江九派汇聚合流。诗虽未点明汉江，但足以使人想象到汉江横卧楚塞而接"三湘"、通"九派"的浩渺水势。诗人将不可目击之景，予以概写总述，收漠漠平野于纸端，纳浩浩江流于画边，为整个画面渲染了气氛。

"江流天地外，山色有无中。"以水光山色作为画幅的远景。汉江滔滔远去，好像一直涌流到天地之外去了，两岸重重青山，迷迷蒙蒙，时隐时现，若有若无。前一句写出江水的流长邈远，后一句又以苍茫山色烘托出江势的浩瀚空阔。诗人着墨极淡，却给人以伟丽新奇之感，其效果远胜于重彩浓抹的油画和色调浓丽的水彩。而其"胜"，就在于画面的气韵生动。王世贞说："'江流天地外，山色有无中'是诗家俊语，却入画三昧。"而"天地外""有无中"，又为诗歌平添了一种迷茫、玄远、无可穷尽的意境，所谓"含不尽之意见于言外"。首联写众水交流，密不间发，而此联开阔空白，疏可走马，画面上疏密相间，错综有致。

接着，诗人的笔墨从"天地外"收拢，写出眼前的波澜壮阔之景："郡邑浮前浦，波澜动远空。"正当诗人极目远望时，突然间风起浪涌，所乘之舟上下波动，眼前的襄阳城郭也随着波浪在江水中浮浮沉沉。风越来越大，波涛越来越汹涌，浪拍云天，船身颠簸，仿佛天空也随之摇荡起来。风浪之前，船儿是平缓地在江面行驶，城郭是静止地立于岸边，远空是不动地悬于天际；风浪忽至，一切都动了起来。这里，诗人笔法飘逸流动。明明是所乘之舟上下波动，却说是前面的城郭在水面上浮动；明明是波涛汹涌，浪拍云天，却说成天空也随之摇荡起来。诗人故意用这种动与静的错觉，进一步渲染了磅礴水势。"浮""动"两个动词用得极妙，使诗人笔下之景活起来了，诗也随之飘逸起来了，同时，诗人的一种泛舟江上的怡然自得的心态也从中表现了出来，江水磅礴的气势也表现了出来。诗人描绘的景象是泛舟所见，舟中人产生了一种动荡的错觉，这种错觉也正好符合诗句中对汉水的描写，所以这两个词用得极其恰当。

"襄阳好风日，留醉与山翁。"诗人要与山简（曾镇守襄阳的晋人）共谋一醉，流露出对襄阳风物的热爱之情。此情也融合在前面的景色描绘之中，充满了积极乐观的情绪。尾联诗人直抒胸臆，表达了留恋山水的志趣。

这首诗为读者展现了一幅色彩素雅、格调清新、意境优美的水墨山水画。画面布局，远近相映，疏密相间，加之以简驭繁，以形写意，轻笔淡墨，又融情于景，情绪乐观，给人以美的享受。同时代的殷璠在《河岳英灵集》中说："维诗词秀调雅，意新理惬，在泉为珠，着壁成绘。"此诗很能体现这一特色。

明丽悠远中的思归

绝句二首

杜甫（唐）

其一

迟日江山丽，春风花草香。

泥融飞燕子，沙暖睡鸳鸯。

其二

江碧鸟逾白，山青花欲燃。

今春看又过，何日是归年。

作品鉴赏

其一

清代的诗论家陶虞开在《说杜》一书中指出，杜集中有不少"以诗为画"的作品。这一首写于成都草堂的五言绝句，就是极富诗情画意的佳作。整首诗一开始，就从大处着墨，描绘出在初春灿烂阳光的照耀下，浣花溪一带明净绚丽的春景，用笔简洁而色彩浓艳。"迟日"即春日，语出《诗经·豳风·七月》"春日迟迟"。这里用以突出初春的阳光，以统摄全篇。同时用一个"丽"字点染"江山"，表现了春日阳光普照，四野青绿，溪水映日的秀丽景色。这虽是粗笔勾画，笔底却是春光明媚。

第二句，诗人进一步以和煦的春风、初放的百花、如茵的芳草、浓郁的芳香来展现明媚的大好春光。因为诗人把春风、花草及其散发的馨香有机地组织在一起，所以通过联想，可以有惠风和畅、百花竞放、风送花香的感受，收获如临其境的艺术效果。在明丽阔远的图景之上，三、四两句转向具体而生动的初春景物描绘。

第三句，诗人选择初春最常见，也是最具有特征性的动态景物来勾画春景——春暖花开，泥融土湿，秋去春归的燕子，正忙碌地飞来飞去，衔泥筑巢。这生动的描写，使画面更加充满了勃勃生机，春意盎然，还有一种动态美。杜甫对燕子的观察十分细致，"泥融"紧扣首句，因春回大地，阳光普照才"泥融"；紫燕新归，衔泥做巢而不停地飞翔，显出一番春意闹的情状。

第四句是勾勒静态景物。春日冲融，日丽沙暖，鸳鸯也要享受这春天的温暖，在溪边的沙洲上静睡不动。这也和首句紧相照应，因为"迟日"才沙暖，沙暖才引来成双成对的鸳鸯出水，它们沐浴在灿烂的阳光中，是那样悠然自适。从景物的描写来看，和第三句动态的飞燕相对照，动静相间，相映成趣。这两句以工笔细描衔泥飞燕、静睡鸳鸯，与一、二两句粗笔勾画阔远明丽的景物相配合，使整个画面和谐统一，构成一幅色彩鲜明、生意勃发且具有美感的初春景物图。就诗中所蕴含的思想感情而言，反映了诗人经过"一岁四行役""三年饥走荒山道"的奔波流离之后，暂时定居草堂的安适心情，也是诗人对初春时节自然界一派生机、欣欣向荣的欢悦情怀的表露。

这首五言绝句，意境明丽悠远，格调清新。全诗对仗工整，但又自然流畅，毫不雕琢；描摹景物清丽工致，浑然无迹，是杜集中别具风格的篇章。

其二

此诗为杜甫入蜀后所作，抒发了羁旅异乡的感慨。"江碧鸟逾白，山青花欲燃。"这是一幅镶嵌在镜框里的风景画，濡饱墨于纸面，施浓彩于图中，有令人沉醉其中的魅力。漫江碧波荡漾，显露出白翎的水鸟，掠翅江面，一派怡人的风光。满山青翠欲滴，遍布的朵朵鲜花红艳无比，简直就像燃烧着一团旺火，十分旖旎，十分灿烂。

以江碧衬鸟翎的白，碧白相映生辉；以山青衬花朵的红，青红互为竞丽。一个"逾"字，将水鸟借江水的碧色衬底而愈显其翎毛之白，写得深入画理；而一个"欲"字，则在拟人化中赋花朵以动态，摇曳多姿。两句诗中的江、山、花、鸟四景，并分别代表碧绿、青葱、火红、洁白四色，景象清新，令人赏心悦目。可是，诗人的旨意却不在此，紧接下去，笔路陡转，慨而叹之。"今春看又过，何日是归年。"句中"看又过"三字直点写诗时节。春末夏初景色不可谓不美，然而可惜岁月荏苒，归期遥遥，非但引不起游玩的兴致，却勾起漂泊的感伤。此诗的艺术特点是以乐景写哀情，唯其极言春光融洽，才能对照出诗人归心殷切。它并没有让思归的感伤从景象中直接透露出来，而是以客观景物与主观感受的不同来反衬诗人思乡之情的深厚，别具韵致。

第二章

怀古咏史诗 善评历史 抒怀达善

面对历史长河中残酷与血腥的现实，唐人很少陷入简单的道德评判，而是抱着超然的态度，不因时空的阻隔而产生疏离之感，理智而平和地做出自己的分析。

一统南北的隋帝国的败亡对唐人来说是近代史上的大事，开凿运河更被视为一代暴君隋炀帝的重要罪状，这已算是天下公论了，但是诗人皮日休面对汴河，却是大摇其头，留下《汴河怀古》二首：

其一

> 万艘龙舸绿丝间，载到扬州尽不还。
>
> 应是天教开汴水，一千余里地无山。

其二

> 尽道隋亡为此河，至今千里赖通波。
>
> 若无水殿龙舟事，共禹论功不较多。

在唐代，隋炀帝开凿的运河已经成为连接商业都市的重要通道，方圆千里，一片通途，是经济发展的重要支柱。诗人认为，如果隋炀帝当初的目的不是为了乘龙舟去扬州游乐，那么他这场功劳完全可以和大禹治水媲美。

盛唐时期，知识分子受儒家积极进取的精神和时代风气的感染，普遍具有强烈的入世精神。他们读书山林，经营科考，遍谒达官，归隐入幕，目的只有一个，那就是参政议政，即通过对社稷民生的直接干预或者是批判来实现自己作为知识分子的社会价值和个体生命价值。当士人们发现自己进入仕途参与国家政权的希望受到外力阻拦，自己作为知识分子的社会价值不能得到体现时，便由对"改变世界"的追求转向对无道社会的批评。这种批判所反映出的仍是对国事的深切关怀和对济世理想的执着追寻。

李白一生以天下苍生为己任，对进入仕途以实现自己政治抱负的渴望也分外强烈。但是，李白以傲世之才和济世之愿入朝为官却被唐玄宗倡优视之，后又因受朝中权贵的诋毁而被赐金放还，一展雄才的愿望受到巨大打击。面对这样的社会政治现实，再联想历朝历代治乱兴衰的历史教训，李白便在其诗歌当中以吟咏历史的方式展现自己对国事的深沉忧虑，如其《古风》其五十一：

> 殷後乱天纪，楚怀亦已昏。
>
> 夷羊满中野，菉葹盈高门。

比干谏而死，屈平窜湘源。

虎口何婉娈，女娲空婵媛。

彭咸久沦没，此意与谁论。

在这首诗当中，李白铺陈古代史实，意在伤今，强烈批判了唐玄宗因宠信群小，造成忠臣谏死、彭贤沦没局面的昏庸，显现了诗人对当朝政治的强烈不满。《古风》其五十三："战国何纷纷，兵戈乱浮云。赵倚两虎斗，晋为六卿分。奸臣欲窃位，树党自相群。果然田成子，一旦杀齐君。"则是借战国时期主弱臣强的史实来告诫统治者大权旁落的后果，指陈时弊，颇有见地。其四十八则批判唐玄宗不恤民情，耽于虚妄。

从这些诗作当中我们可以看出，李白尽管遭遇了忠而被谤、贤而被疏的坎坷不平，且作为知识分子实现自身社会价值的愿望遭受了挫折，但当面对盛唐后期种种社会和政治弊端时，李白并没有避而远之，放弃对社会现实的关注，而是怀着一种忧社稷、念民生的忧患意识，借对历史上兴衰成败的喟叹来表达自己对国事的深切关怀。这种从入世的渴望和失意的悲愤中衍生出的对社会和政治关怀仍具有积极向上、不屈不挠的品格，展现出唐代知识分子强烈的社会责任感。

南朝诗歌创作中一个明显的特点就是以女性美为描写内容，显示出强烈的唯美倾向。南朝咏史创作也深受这种诗歌思潮的影响。这些吟咏历史女性的诗歌绝大多数是乐府诗，往往被用来作为歌舞娱乐表演中的辞赋，具有声色娱乐的功用。又由于当时的时代风尚是以悲为美，故南朝诗人本着娱乐功用，以一种玩赏的心态创作咏史诗。

初唐时期，女性持续专权四十年的政治局面提高了唐代妇女的社会地位，这种社会思想观念的转变反映到文学创作上来，便与之前的诗歌创作风格有所不同。

李白诗集中有二十多首以历史上的女性为题材的咏史诗，约占其咏史诗总数的三分之一，但在深厚的女性关怀意识这一思想层面上却是远远超出南朝同类诗歌的。李白在他的咏史诗中高度赞扬了古代女性的侠义精神和高贵品格，如《秦女休行》写"手挥白杨刀，清昼杀仇家"为父报仇的女休，《西施》歌颂在越国危难之际"扬蛾入吴关"，待到"一破夫差国"后又"千秋竟不还"的西施，《陌上桑》中沿用乐府古题古意歌颂了坚贞不屈以抗拒使君戏

谑的罗敷，等等。这些美丽勇敢的女性身上所具有的高尚情怀既是诗人对自我人格的一种期许，同时也是诗人遭遇不平时的一种心理寄托，间接展现了诗人对古代女性高贵品质的认可和尊敬。更可贵的是，李白对古代女性的悲剧命运还持有一种深切关怀的态度。如其《妾薄命》：

> 汉帝宠阿娇，贮之黄金屋。
> 咳唾落九天，随风生珠玉。
> 宠极爱还歇，妒深情却疏。
> 长门一步地，不肯暂回车。
> 雨落不上天，水覆难再收。
> 君情与妾意，各自东西流。
> 昔日芙蓉花，今成断根草。
> 以色事他人，能得几时好？

《妾薄命》是乐府古题，说的是西汉陈皇后失宠的故事，李白在此却略去对阿娇相貌的铺陈，只将其得宠之时"咳唾落九天，随风生珠玉"骄贵同失宠时"长门一步地，不肯暂回车"的落寞做对比，从而得出"以色事他人，能得几时好"这一具有普遍意义的结论，体现出的对历史女性命运的关怀和思考，较之南朝咏史诗人一味地以柔弱的声音描摹古代女性"叹息下兰阁，含愁奏雅琴"的凄凉心境明显更为深切。又如其《于阗采花》：

> 于阗采花人，自言花相似。
> 明妃一朝西入胡，胡中美女多羞死。
> 乃知汉地多名姝，胡中无花可方比。
> 丹青能令丑者妍，无盐翻在深宫里。
> 自古妒蛾眉，胡沙埋皓齿。

这首诗也是以吟咏六朝常见的题材，慨叹昭君以绝世之姿埋没胡沙。但与齐梁诗人玩味般书写昭君在胡地"唧唧抚心叹"的凄苦心绪不同的是，李白在这首诗中将熟事化新，精彩一变，转而写昭君蛾眉遭妒的不幸和历史上丑者为妍的荒谬，借古事讽刺当朝，批判统治者致使贤愚易位之昏聩无能，流露出强烈的自伤之情，读之令人感慨万千。

从李白的诗句中可以看出，他对待古代女性的态度是欣赏和同情，而非像南朝那般漠然，他实际上是将自己的理想愿望和身世之感倾注到了他所歌颂的古代女性身上，除了以礼赞的态度表达自己对她们美好品质的欣赏和肯定外，还以一种悲悯的情怀来回望那些在历史当中承受了不幸命运的悲剧女性。因她们身上有诗人自己的影子，所以其表达出的赞赏之意和悲悯之情也就显得格外真切。这种对古代女性发自内心的欣赏和同情彰显了诗人厚重的女性关怀意识，其精神境界远远超越了南朝诗人。

第二章　怀古咏史诗　善评历史　抒怀达善

从容浩然中的忧国伤时

登金陵凤凰台

李白（唐）

凤凰台上凤凰游，凤去台空江自流。
吴宫花草埋幽径，晋代衣冠成古丘。
三山半落青天外，二水中分白鹭洲。
总为浮云能蔽日，长安不见使人愁。

作品鉴赏

《登金陵凤凰台》是唐代律诗中脍炙人口的杰作。开头两句写凤凰台的传说，十四字中连用了三个凤字，却不觉得重复，音节流转明快，极其优美。凤凰台故址在南京凤台山，此诗表明世事无常，只有长江的水仍然不停地流着，大自然才是永恒的存在。三四句就"凤去台空"这一层意思进一步发挥。三国时的吴和后来的东晋都建都于金陵。诗人感慨万分地说，吴国昔日繁华的宫廷已经荒芜，东晋的一代风流人物也早已进入坟墓。那一时的烜赫，在历史上也没有留下什么有价值的东西。

诗人没有让自己的感情沉浸在对历史的凭吊之中，他把目光又投向大自然，投向那不尽的江水："三山半落青天外，二水中分白鹭洲。""三山"在南京西南长江边上，三峰并列，南北相连。据陆游的《入蜀记》载："三山自石头及凤凰台望之，杳杳有无中耳，及过其下，则距金陵才五十余里。"陆游所说的"杳杳有无中"正好注释"半落青天外"。李白把三山半隐半现、若隐若现的景象写得恰到好处。"白鹭洲"在南京西长江中，把长江分割成两道，所以说"二水中分白鹭洲"。这两句诗气象壮丽，对仗工整，是难得的佳句。

李白毕竟是关心现实的，他想看得更远些，从六朝的帝都金陵看到唐朝的都城长安。但是，"总为浮云能蔽日，长安不见使人愁。"这两句诗寄寓着深意。长安是朝廷的所在，日是帝王的象征。陆贾《新语·慎微篇》曰："邪臣之蔽贤，犹浮云之障日也。"李白这两句诗暗示皇帝被奸邪包围，而自己报国无门，他的心情是十分沉痛的。"不见长安"暗点诗题的"登"字，触境生愁，意寓言外，饶有余味。相传李白很欣赏崔颢的诗作《黄鹤楼》，欲拟之较胜负，乃作诗《登金陵凤凰台》。《苕溪渔隐丛话》《唐诗纪事》中都有类似的记载，或许可信。该诗与崔诗工力悉敌，正如方回在《瀛奎律髓》中所说："格律气势，未易甲乙。"在用韵上，二诗都是意到其间，天然成韵。语言也流畅自然，不事雕琢，潇洒清丽。作为登临吊古之作，李诗更有自己的特点，它写出了自己独特的感受，把历史的典故、眼前的景物和诗人自己的感受交织在一起，抒发了忧国伤时的情怀，意旨尤为深远。

李白是天才诗人，并且是属于那种充满创造天才的大诗人。然而，唯独李白临黄鹤楼时，没能尽情尽意，"驰志"千里。原因也很简单，所谓"眼前有景道不得，崔颢题诗在上头"。因而，"谪仙诗人"难受、不甘心，要与崔颢一比高低。于是他"至金陵，乃作凤凰台诗以拟之"，直到写出可与《黄鹤楼》相提并论的《登金陵凤凰台》时，才肯罢休。

这虽然是传言，但也挺恰切李白的性格。《登金陵凤凰台》博得了"与崔颢黄鹤楼相似，格律气势，未易甲乙"的赞扬。其实，李白的《登金陵凤凰台》和崔颢的《黄鹤楼》同为登临怀古的双璧。

李白《登金陵凤凰台》的艺术特点首先在于其中所回荡着的那种充沛、浑厚之气。气原本是一个哲学上的概念，从先秦时代起就被广泛运用。随着魏晋时期的曹丕以气论文，气也就被当作一个重要的内容而在许多的艺术门类里加以运用。虽然，论者对气的理解、认识不完全相同，但又都一致认同其所蕴含的思想性情、人格精神与艺术情调。李白《登金陵凤凰台》中明显地充溢着一股从容浩然之气，它使李白观古阅今，统揽四海于一瞬之间，且超然物外，挥洒自如。其从容浩然之气，使李白渊深的思想、高妙的见解、博大的心胸成为编织艺术境界的核心与精神内涵。就像透过"三山半落青天外，二水中分白鹭洲"的巨大立体时空，可以感受到历史的脉搏跳动与诗人的呼吸一样，通过李白的举重若轻、从容自在，以浩然雄大之气充塞整个诗歌境界的努力，也能更进一步感受到他的诗歌以气夺人的艺术特点。

李白此诗的艺术特点又在于对时空观念的完美表达。这既体现在对历史

与自然的认识上，也体现在他构造时空艺术境界的表达方法上。因为从古而来，几乎所有的统治者都宣扬自己的精神世代永存，并且还把这样一种模式灌输到人们的意识形态当中，使人深信不疑。但是，李白则对此不以为然，他认为自己或是极为强有力的统治者，就像秦始皇，可以"挥剑决浮云，诸侯尽西来。明断自天启，大略驾群才。"然而，他终归也要"但见三泉下，金棺葬寒灰"（《古风·秦王扫六合》），烟消云散是不可避免的。所以，在李白看来，宇宙万物之中，能够获得永恒存在的只有自然。另外，李白在表现自然的力量与变化的时空观时，则选取了最为典型的事物，即"三山半落"之混茫与"二水中分"之辽阔，从而构造出阔大的境界，并且把历史的变迁，即将时间的改变与地点的依旧以及空间的不改整体地表现出来，启发人们做出更深的思考。

《登金陵凤凰台》的艺术特点还在于别致自然的遣词造句。由于诗以寓目山河为线索，于是追求情随景生，意象谐成也就显得特别重要。"凤凰"的高飞与"凤凰台"的"空"，与诗人潇洒的气质和略带感伤的情怀相一致，且意到笔到，词义契合，起到内外呼应的作用。另外，整首"登临"的内在精神，与"埋幽径""成古丘"的冷落清凉，与"三山""二水"的自然境界，与忧谗畏讥的"浮云"惆怅和不见"长安"的无奈凄凉，都被恰切的语词链条紧紧地融合在一起，从而当得起"古今题咏，惟谪仙为绝唱"的赞誉。

诙谐婉转中的抑郁不平

赤 壁

杜牧（唐）

折戟沉沙铁未销，自将磨洗认前朝。

东风不与周郎便，铜雀春深锁二乔。

作品鉴赏

"折戟沉沙铁未销，自将磨洗认前朝。"这两句意为折断的战戟沉在泥沙中并未被销蚀，自己将它磨洗后认出是前朝遗物。在这里，这两句描写看似平淡实为不平。沙里沉埋着断戟，点出了此地曾有过历史风云。战戟折断沉沙却未被销蚀，暗含着岁月流逝而物是人非之感。正是由于发现了这一件沉埋江底六百多年且锈迹斑斑的"折戟"，才使得诗人思绪万千，因此他要磨洗干净出来辨认一番，发现原来是赤壁之战遗留下来的兵器。前朝的遗物又进一步引发诗人浮想联翩，为后文抒怀做了很好的铺垫。

"东风不与周郎便，铜雀春深锁二乔。"这两句是久为人们所传诵的佳句，意为倘若当年东风不帮助周瑜的话，那么铜雀台就会深深地锁住东吴二乔了。这里涉及历史上著名的赤壁之战。在赤壁战役中，周瑜主要采用火攻战胜了数量上远远超过己方的敌人，而其能用火攻则是因为在决战的时刻，恰好刮起了强劲的东风，所以诗人评论这次战争成败的原因，只选择当时的胜利者——周郎和他倚以致胜的因素——东风来写。因为东风确实是这次胜利的关键，所以诗人又将东风放在更主要的地位上。但他并不从正面来描摹东风如何帮助周郎取得了胜利，却从反面落笔：假使这次东风不给周郎方便，那么，胜败双方就要易位，历史形势将完全改观。因此，接着就写出假想中曹军胜利，孙、刘失败之后的局面。但又不直接铺叙政治军事情势的变迁，而只间接地描绘两位东吴著名的女子将要承受的命运，把硝烟弥漫的战争胜负写得很是

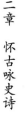

蕴藉。

　　诗中的大乔、二乔两位女子并不是平常的人物，而是属于东吴统治阶级中最高阶层的贵妇人。大乔是东吴前国主孙策的夫人，当时国主孙权的亲嫂，小乔则是正在带领东吴全部水陆兵马和曹操决一死战的军事统帅周瑜的夫人。她们虽与这次战役并无关系，但她们的身份和地位代表着东吴作为一个独立政治实体的尊严。所以诗人用"铜雀春深锁二乔"这样一句诗来描写在"东风不与周郎便"的情况之下，曹操胜利后的骄恣和东吴失败后的屈辱，正是极其有力的反跌，不独以美人衬托英雄，与上句周郎互相辉映，显得更有情致而已。诗的创作必须用形象思维，而形象性的语言则是形象思维的直接显现。用形象思维观察生活，别出心裁地反映生活，乃是诗的生命。杜牧在此诗里，通过"铜雀春深"这一富有形象性的诗句，即小见大，这正是他在艺术处理上独特的成功之处。另外，此诗过分强调东风的作用，又不从正面歌颂周瑜的胜利，却从反面假想其失败。杜牧通晓政治军事，对当时中央与藩镇、汉族与吐蕃的斗争形势，有相当清楚地了解，并曾经向朝廷提过一些有益的建议。如果说，孟轲在战国时期就已经知道"天时不如地利，地利不如人和"的原则，而杜牧却还把周瑜在赤壁战役中的巨大胜利完全归功于偶然的东风，这是很难想象的。他之所以这样写，恐怕用意还在于自负知兵，借史事以吐其胸中抑郁不平之气。其中也暗含有阮籍登广武战场时所发出的"时无英雄，使竖子成名"那种慨叹在内，不过出语非常隐约，不易看出罢了。

深沉悲凉中的期盼憧憬

蜀 相

杜甫（唐）

丞相祠堂何处寻？锦官城外柏森森。

映阶碧草自春色，隔叶黄鹂空好音。

三顾频烦天下计，两朝开济老臣心。

出师未捷身先死，长使英雄泪满襟。

作品鉴赏

这首七律《蜀相》，抒发了诗人对诸葛亮才智品德的崇敬和功业未遂的感慨。融情、景、议于一炉，既有对历史的评说，又有对现实的寓托，在历代咏赞诸葛亮的诗篇中，堪称绝唱。

古典诗歌中常以问答起句，突出感情的起伏不平。这首诗的首联也是如此。"丞相祠堂何处寻？锦官城外柏森森。"一问一答，一开始就形成浓重的感情氛围，笼罩全篇。上句"丞相祠堂"直切题意，语意亲切而又饱含崇敬。"何处寻"，不疑而问，加强语势，并非到哪里去寻找的意思。诸葛亮在历史上颇受人民爱戴。"寻"字之妙在于它刻画出了诗人那追慕先贤的执着感情和虔诚造谒的悠悠我思。下句"锦官城外柏森森"烘托出一派静谧肃穆的气氛。柏树生命长久，常年不凋，高大挺拔，有象征意义。诗人抓住这一景物，展现出柏树那伟岸、葱郁、苍劲、朴质的形象特征，使人联想到诸葛亮的精神，不禁肃然起敬。

接着，第二联中的"映阶碧草自春色，隔叶黄鹂空好音"，展现在读者面前的是茵茵春草铺展到石阶之下，映现出一片绿色；几只黄莺，在林叶之间穿行，发出宛转清脆的叫声。所描绘的这些景物，色彩鲜明，音韵嘹亮，静动相衬，恬淡自然。然而，自然界的春天来了，祖国中兴的希望却非常渺茫。想

到这里，诗人不免又产生了一种哀愁惆怅的感觉，因此说是"自春色""空好音"。"自"和"空"互文，刻画出一种静态和静境。诗人将自己的主观情意渗进客观景物之中，使景中生意，把自己内心的忧伤从景物描写中传达出来，反映出诗人忧国忧民的爱国精神。透过这种爱国思想的折射，诗人眼中的诸葛亮的形象就更加令人敬仰。

"三顾频烦天下计，两朝开济老臣心。"第三联浓墨重彩，高度概括了诸葛亮的一生。上句写出山之前，刘备三顾茅庐，诸葛亮隆中对策，指出诸葛亮在当时就能预见魏蜀吴鼎足三分的政治形势，并为刘备制定了一整套统一国家之策，足见其济世雄才。下句写出山之后，诸葛亮辅助刘备开创蜀汉、匡扶刘禅，颂扬他为国呕心沥血的耿耿忠心。两句十四个字，将人们带到战乱不已的三国时代，在广阔的历史背景下，刻画出一位忠君爱国、济世扶危的贤相形象。怀古为了伤今。此时，安史之乱尚未平定，国家分崩离析，人民流离失所，使诗人忧心如焚。他渴望能有忠臣贤相匡扶社稷，恢复国家的和平统一。正是这种忧国思想才凝聚成诗人对诸葛亮的敬慕之情。在这一历史人物身上，诗人寄托了自己对国家命运的美好憧憬。

诗的最后一联"出师未捷身先死，长使英雄泪满襟。"咏叹了诸葛亮病死军中，功业未成的历史不幸。诸葛亮赍志以殁的悲剧性结局无疑又是一曲生命的赞歌，他以行动实践了"鞠躬尽瘁，死而后已"的誓言，使这位古代杰出政治家的精神境界得到了进一步的升华，产生使人奋发兴起的力量。

这首诗分为两部分，前四句从景物描写中感怀现实，透露出诗人忧国忧民之心；后四句咏叹丞相才德，从历史追忆中缅怀先贤，又蕴含着诗人对祖国命运的许多期盼与憧憬。全诗蕴藉深厚，寄托遥深，形成深沉悲凉的意境。概言之，这首七律话语奇简，但具有高度的概括力，短短五十六字，诉尽诸葛亮生平，将名垂千古的诸葛亮展现在读者面前。后代的爱国志士及普通读者吟诵这首诗时，对诸葛亮的崇敬之情油然而生。特别是读到"出师未捷身先死，长使英雄泪满襟"二句时，不禁使人黯然泪下。

在艺术表现上，设问自答，以实写虚，情景交融，叙议结合，结构起承转合、层次波澜，又有炼字琢句、音调和谐的语言魅力，使人一唱三叹，余味不绝。人称杜诗"沉郁顿挫"，《蜀相》就是典型代表。

浑厚沉郁中的寄慨遥深

咏怀古迹五首

杜甫（唐）

其一

支离东北风尘际，
漂泊西南天地间。
三峡楼台淹日月，
五溪衣服共云山。
羯胡事主终无赖，
词客哀时且未还。
庾信平生最萧瑟，
暮年诗赋动江关。

其二

摇落深知宋玉悲，
风流儒雅亦吾师。
怅望千秋一洒泪，
萧条异代不同时。
江山故宅空文藻，
云雨荒台岂梦思。
最是楚宫俱泯灭，
舟人指点到今疑。

第二章　怀古咏史诗　善评历史　抒怀达善

45

其三

群山万壑赴荆门，
生长明妃尚有村。
一去紫台连朔漠，
独留青冢向黄昏。
画图省识春风面，
环佩空归夜月魂。
千载琵琶作胡语，
分明怨恨曲中论。

其四

蜀主窥吴幸三峡，
崩年亦在永安宫。
翠华想像空山里，
玉殿虚无野寺中。
古庙杉松巢水鹤，
岁时伏腊走村翁。
武侯祠堂常邻近，
一体君臣祭祀同。

其五

诸葛大名垂宇宙，
宗臣遗像肃清高。
三分割据纡筹策，
万古云霄一羽毛。
伯仲之间见伊吕，
指挥若定失萧曹。
运移汉祚终难复，
志决身歼军务劳。

作品鉴赏

其一

这是五首中的第一首。组诗开首咏怀的是诗人庾信，这是因为诗人对庾信的诗赋推崇备至，极为倾倒。他曾经说"清新庾开府""庾信文章老更成"。另外，当时他即将有江陵之行，情况与庾信漂泊有相通之处。

首联是杜甫自安史之乱以来全部生活的概括。安史之乱后，杜甫由长安逃难至鄜州，欲往灵武，又被俘至长安，复由长安窜归凤翔，至鄜州探视家小，长安克复后，贬官华州，旋弃官，客秦州，经同谷入蜀，故曰"支离东北风尘际"。当时战争激烈，故曰"风尘际"。入蜀后，杜甫先后居留成都约五年，流寓梓州阆州一年，严武死后，由成都至云安，又由云安至夔州，故曰"漂泊西南天地间"。只叙事实，感慨自深。

颔联承上漂流西南，点明所在之地。这里风情殊异，房屋依山而建，层层高耸，似乎把日月都遮蔽了。山区百姓大多是古时五溪蛮的后裔，他们身穿带尾形的五色衣服同云彩和山峦一起共居同住。

颈联追究支离漂泊的起因。这两句是双管齐下，因为在咏怀之中兼含咏史之意，它既是自己咏怀，又是代古人——庾信咏怀。本来，安禄山之叛唐，即有似于侯景之叛梁，杜甫遭安史之乱，而庾信亦值侯景之乱；杜甫支离漂泊，感时念乱，而庾信亦被留北朝，作《哀江南赋》，因身份颇相类，故不无"同病相怜"之感。由于是双管齐下，因此这两句不只是承上文，同时也启下文。

尾联承接上联，说庾信长期羁留北朝，常有萧条凄凉之感，到了暮年一改诗风，由原来的绮靡变为沉郁苍劲，常发乡关之思，其忧愤之情感动"江关"，为人们所称赞。

全诗从安史之乱写起，写自己漂泊入蜀居无定处。接写流落三峡、五溪，与夷人共处。再写安禄山狡猾反复，正如梁朝的侯景；自己漂泊异地，欲归不得，恰似当年的庾信。最后写庾信晚年《哀江南赋》极为凄凉悲壮，暗寓自己的乡国之思。全诗写景写情，均属亲身体验，深切真挚，议论精当，耐人寻味。

其二

这一首是推崇楚国著名辞赋作家宋玉的诗。诗是诗人亲临实地凭吊后写

成的，因而体会深切，议论精辟，发人深省。诗中的草木摇落，景物萧条，江山云雨，故宅荒台，舟人指点的情景，都是诗人触景生情所抒发出来的感慨。诗人把历史陈迹和自己的哀伤交融在一起，深刻地体现了主题。诗人瞻仰宋玉旧宅怀念宋玉，从而联想到自己的身世，诗中表现了诗人对宋玉的崇拜，并为宋玉死后被人曲解而鸣不平。全诗铸词溶典，精警切实。有人认为，杜甫之"怀宋玉，所以悼屈原；悼屈原者，所以自悼也"，这种说法自有见地。

相传在江陵有宋玉故宅。所以杜甫暮年出蜀，过巫峡，至江陵，不禁怀念楚国这位辞赋作家，勾起身世遭遇的同情和悲慨。在杜甫看来，宋玉既是词人，更是志士。而他生前身后却都只被视为词人，其政治上矢志不渝，则遭误解，甚至于曲解。这是宋玉一生遭遇中最可悲哀处，也是杜甫自己一生遭遇最为伤心处。这首诗便是诗人瞩目江山，怅望古迹，吊宋玉，抒己怀；以千古知音写不遇之悲，体验深切；于精警议论见山光天色，艺术独到。

杜甫到江陵的时候是秋天，而宋玉名篇《九辩》正以悲秋发端："悲哉，秋之为气也，萧瑟兮草木摇落而变衰。"杜甫当时正是产生悲秋之情，因而便借以兴起本诗，简洁而深切地表示对宋玉的理解、同情和尊敬，同时又点出了时节天气。"风流儒雅"是庾信《枯树赋》中形容东晋名士兼志士殷仲文的成语，这里借以强调宋玉主要是一位政治上有抱负的志士。"亦吾师"用的是王逸的说法："宋玉者，屈原弟子也。闵惜其师忠而被逐，故作《九辩》以述其志。"这里借以表示杜甫自己也可算作师承宋玉，同时表明这首诗旨意也在闵惜宋玉，"以述其志"。所以次联接着就说明诗人自己虽与宋玉相距久远，不同朝代，不同时代，但萧条不遇，惆怅失志，其实相同。因而望其遗迹，想其一生，不禁悲慨落泪。

诗的前半部分感慨宋玉生前怀才不遇，后半部分则为其身后不平。这片大好江山里，还保存着宋玉故宅，世人总算没有遗忘他。但人们只欣赏他的文采辞藻，并不了解他的志向抱负和创作精神。这不符宋玉本心，也无补于后世，令人惘然，所以用了"空"字。就像眼前这巫山巫峡，使诗人想起宋玉的两篇赋文。这一切，使宋玉含屈，令杜甫伤心。而最为叫人痛心的是，随着历史变迁，岁月消逝，楚国早已荡然无存，人们不再关心它的兴亡，更不了解宋玉的志向抱负和创作精神，以致将曲解当史实，以讹传讹，以讹为是。到如今，江船经过巫山巫峡，船夫们津津有味，指指点点。词人宋玉不灭，志士宋玉不存，生前不获际遇，身后为人曲解。宋玉悲在此，杜甫悲为此。前人说

"言古人不可复作，而文采终能传也"，恰好与杜甫的原意相违背。

体验深切、议论精警、耐人寻味是这首诗的特点和成就。但这是一首咏怀古迹诗，诗人亲临实地，因而山水风光自然在诗中显露出来。杜甫沿江出蜀，漂泊水上，旅居舟中，年老多病，生计窘迫，境况萧条，情绪悲怆，本来无心欣赏风景，只为宋玉遗迹触发了满怀悲慨，才洒泪赋诗。诗中的草木摇落、景物萧条、江山云雨、故宅荒台，以及舟人指点的情景，都从感慨议论中体现出来，蒙着历史的迷雾，充满诗人的哀伤，诗人仿佛是泪眼看风景，隐约可见，其实是虚写。从诗歌艺术上看，这样的表现手法富有独创性。它紧密围绕主题，显出古迹特征，却不独立予以描写，而使其溶于议论，化为情境，渲染着这首诗的抒情气氛，增强了咏古的特色。

这是一首七律，要求谐声律、工对仗。但也由于诗人重在议论，深于思，精于义，伤心为宋玉写照，悲慨抒壮志不酬，因而通篇用赋，在用词和用典上精警切实，不被格律所拘束。它的韵律和谐，对仗工整，写的是律诗这种近体诗，却有古体诗的风味，同时又不失清丽色彩。前人认为这首诗"首二句失粘"，只从形式上进行批评，未必中肯。

其三

第三首是杜甫经过昭君村时所作的咏史诗。诗人想到昭君生于名邦，殁于塞外，去国之怨，难以言表。因此，主题落在"怨恨"二字，"一去"二字是怨的开始，"独留"两字是怨的终结。诗人既同情昭君，也感慨自身。本诗中，诗人借咏昭君村、怀念王昭君来抒写自己的志向。

"群山万壑赴荆门，生长明妃尚有村。"诗的发端两句，首先点出昭君村所在的地址。据《一统志》说："昭君村，在荆州府归州东北四十里。"其地址，在今湖北秭归县的香溪。杜甫写这首诗的时候，正住在夔州白帝城。这是三峡西头，地势较高。他站在白帝城高处，东望三峡东口外的荆门山及其附近的昭君村。远隔数百里，本来是望不到的，但他发挥想象力，由近及远，构想出群山万壑随着险急的江流奔赴荆门山的雄奇壮丽的图景。他就以这个图景作为此诗的首句，起势很不平凡。杜甫写三峡江流有"众水会涪万，瞿塘争一门"（《长江二首》）的警句，用一个"争"字，突出了三峡水势之惊险，这里则用一个"赴"字突出了三峡山势的雄奇生动，这可以说是一个有趣的对照。但是，诗的下一句却落到一个小小的昭君村上，颇有点出人意料，也因此引起评论家一些不同的议论。明人胡震亨评注的《杜诗通》就说："群山万壑

第二章　怀古咏史诗　善评历史　抒怀达善

赴荆门，当似生长英雄起句，此未为合作。"意思是这样气象雄伟的起句，只有用在生长英雄的地方才适当，用在昭君村上是不适合、不协调的。清人吴瞻泰的《杜诗提要》则又是另一种看法。他说："发端突兀，是七律中第一等起句，谓山水逶迤，钟灵毓秀，始产一明妃。说得窈窕红颜，惊天动地。"意思是说，杜甫正是为了抬高昭君这位"窈窕红颜"，要把她写得"惊天动地"，所以才借高山大川的雄伟气象来烘托她。杨伦的《杜诗镜铨》说："从地灵说入，多少郑重"亦与此意相接近。究竟谁是谁非，如何体会诗人的构思，需要结合全诗的主题和中心才能说明白，所以留到后面再说。

"一去紫台连朔漠，独留青冢向黄昏。"前两句写昭君村，这两句才写到昭君本人。诗人只用这样简短而雄浑有力的两句诗，就写尽了昭君一生的悲剧。从这两句诗的构思和用词来看，杜甫大概是借用了南朝江淹《恨赋》里的话："若夫明妃去时，仰天太息。紫台稍远，关山无极。摇风忽起，白日西匿，陇雁少飞，代云寡色。望君王兮何期，终芜绝兮异域。"但是，仔细对照一下之后，杜甫这两句诗所概括的思想内容的丰富和深刻，大大超过了江淹。清人朱瀚《杜诗解意》中的"'连'字写出塞之景，'向'字写思汉之心，笔下有神"说得很对。但是，有神的并不止这两个字。只看上句的紫台和朔漠，自然就会想到离别汉宫、远嫁匈奴的昭君在万里之外，在异国殊俗的环境中，一辈子所过的生活。而下句写昭君死葬塞外，用青冢、黄昏这两个最简单而现成的词汇，尤其具有大巧若拙的艺术匠心。在日常的语言里，"黄""昏"两字都是指时间，而在这里，它似乎更主要是指空间了，它指的是那和无边的大漠连在一起的、笼罩四野的黄昏的天幕，它是那样的大，仿佛能够吞食一切、消化一切，但是，独有一个墓草长青的青冢，它吞食不下、消化不了。想到这里，这句诗自然就给人一种天地无情、青冢有恨的无比广博而沉重之感。

"画图省识春风面，环佩空归夜月魂。"这是紧接着前两句，更进一步写昭君的身世家国之情。"画图"句承前第三句，"环佩"句承前第四句。"省识"是略识之意，说元帝从图画里略识昭君，实际上就是根本不识昭君，所以就造成了昭君葬身塞外的悲剧。"环佩"句是写她怀念故国之心，永远不变。

"千载琵琶作胡语，分明怨恨曲中论。"这是此诗的结尾，借千载作胡音的琵琶曲调，点明全诗写昭君"怨恨"的主题。据汉代刘熙的《释名》说："琵琶，本出于胡中马上所鼓也。推手前曰琵，引手却曰琶。"晋代石崇《明君词序》说："昔公主嫁乌孙，令琵琶马上作乐，以慰其道路之思。其送明君亦必尔也。"琵琶本是从胡人传入中国的乐器，经常弹奏的是胡音胡调的塞外之曲，后来许多人同情昭君，又写了《昭君怨》《王明君》等琵琶乐曲，于是琵琶和昭君在诗歌里就密切难分了。

前面已经反复说明，昭君的"怨恨"尽管也包含着"恨帝始不见遇"的"怨思"，但更主要的还是一个远嫁异域的女子一直怀念乡土、怀念故土的怨恨忧思，它是千百年中世代积累和巩固起来的对自己的乡土和祖国的最深厚的共同的感情。

昭君虽然是一名女子，但她身行万里，冢留千秋，心与祖国同在，名随诗乐长存，是值得用"群山万壑赴荆门"这样壮丽的诗句来郑重地写的。

杜甫的诗题叫"咏怀古迹"，说明他在写昭君的怨恨之情时，是寄托了自己的身世家国之情的。他当时正"漂泊西南天地间"，远离故乡，处境和昭君相似。虽然他在夔州，距故乡洛阳偃师一带不像昭君出塞那样远隔万里，但是"书信中原阔，干戈北斗深"，洛阳对他来说，仍然是可望而不可即的地方。他寓居在昭君的故乡，正好借昭君当年想念故土的形象，寄托自己想念故乡的心情。

清人李子德说："只叙明妃，始终无一语涉议论，而意无不包。后来诸家，总不能及。"这个评语的确道出了这首诗最重要的艺术特色，它自始至终，全从形象落笔，不着半句抽象的议论，而"独留青冢向黄昏""环佩空归月夜魂"的昭君的悲剧形象，却在读者的心上留下了难以磨灭的深刻印象。"群山万壑赴荆门，生长明妃尚有村。"起句突兀奇绝，不同凡响，三峡之水从千山万壑间流过，山势峥嵘起伏，有如万马奔腾，直赴荆门，而江之北岸传说依旧坐落着昭君村。上半联如高鸟俯瞰，境界宏远；下半联则似电影中的"定格"，点明古迹具体所在，很自然地将昭君的故事安置在"高江急峡"的大背景中。一个"赴"字，画龙点睛，使山水充满了生机；一个"尚"字，写出江村古落依然如故的状态。大小映衬，动静相间，不仅使画面显得生动，同时使诗的意境更深一层。因为"尚有村"传达了一种"斯人已去"的寂寞感；自然界无穷的生命力，更加重了"物在人亡"的惆怅情绪，巧妙地为全诗确定了悲壮的基调。陡起直转，必然过渡到下面对昭君命运的咏叹。

"一去紫台连朔漠，独留青冢向黄昏。"颔联概括了昭君一生的悲剧。据《汉书·匈奴传》记载："汉元帝竟宁元年（公元前33年），单于自言愿婿

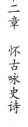

汉氏以自亲。元帝以后宫良家子王嫱字昭君赐单于"。"一去紫台"便说的是此事。"紫台"即紫宫，天子居处。"朔漠"指匈奴所在之地。"青冢"即昭君墓，在今内蒙古境内。据《归州图经》记载："边地多白草，昭君冢独青。"这两句以极简的文字，写出了无穷的感慨，写出了昭君生前死后的哀怨。

清人袁枚论诗曰："诗如鼓琴，声声见心"（《续诗品·斋心》）。杜甫以"紫台"对"青冢"，一个雍容华贵，一个凄凉冷清，在色调上形成了鲜明的对比；以"朔漠"对"黄昏"，又烘托出一种肃杀渺茫的凄惨气氛。先从字词中透出了强烈的悲剧色彩。"连""向"二字，更是颇具匠心，前者将"紫台""朔漠"连在一起，无形中就把昭君出塞的悲剧和西汉朝廷的昏庸联系了起来；后者使同种色调互相渲染：青冢瑟瑟，面向暮霭沉沉，一片萧条充塞广宇，从而给人留下了丰富的联想余地。这两句中的"朔漠""黄昏"又是叠韵双声。这正如《贞一斋诗说》所云："音节一道，难以言传，有略可成为指示者，亦得因类悟入。如杜律'群山万壑赴荆门'，使用千山万壑，便不入调，此轻重清浊法也。"可见杜甫确实是"语不惊人死不休"。

"画图省识春风面，环佩空归夜月魂。"杜甫此联虽然紧承上联之意说出，但却由咏古迹转向了咏怀与议论，揭示了造成昭君悲剧的原因。"画图省识"出自《西京杂记》的记载。根据律诗对仗法则，"省识"对"空归"，"空归"既为偏正词组，"省"字就该修饰"识"字。朱鹤龄认为："画图之面，本非真容，不曰不识，而曰省识，盖婉词"（《杜诗详注》引语）；浦起龙也说："'省识'只在画图，正谓不'省'也"（《读杜心解》）。这才是准确的理解，这才符合杜甫咏昭君的根本动机。实际上这两句诗具有内在的因果关系：正因为汉元帝昏庸，使小人有机可乘，故而辨识不出美恶真相，才害得昭君遗恨终生。这就把账算在昏君、佞臣的头上，含意深广。杜甫自己"窃比稷契"，结果却遭到君王的厌弃，终老江湖。因此，他对昭君的厄运充满了同情，对昭君的故国之思有着充分的理解。"空归"二字写得肝肠寸断，把万千遗恨表达了出来。"春风面"与"夜月魂"更是对得惊警：昔如彼，今如此，讽情贬义隐于色彩不同的六字之中。

"千载琵琶作胡语，分明怨恨曲中论。"相传"昭君在匈奴，恨帝始不见遇，乃做怨思之歌"（《琴操》）。此联写得真切率直，说的是千载之下，人们分明能从昭君演奏的琵琶曲中，听到她那无穷的怨恨。

白居易论诗要"卒章显其志"（《新乐府》序），杜甫却说诗要"篇终接混茫"（《寄彭州高适岑参三十韵》）。乍看二语抵牾，而事实上当诗歌"显其志"时，诗思也就达到了高峰。这是诗人对所叙之事的一个总结，又是诗人感情最强烈的抒发，而此时此刻最能发人深省，这也就是"篇终接混茫"。杜甫在写了昭君的悲剧以及悲剧的根源之后，毫不隐讳地以怨恨作为一诗归宿，正是"卒章显其志"。仅就昭君命运来看，她"一去紫台"，便"独留青冢"；因"画图省识"，而"环佩空归"，怎能不怨呢？她要怨生前不见遇，怨死后的无依，怨君王昏庸，怨小人险诈。茫茫六合有多大，她就有多少哀伤，那琵琶曲中就有她多少怨恨！不过，"看杜诗如看一处大山水，读杜律如读一篇长古文"（黄生《杜诗说》），诗人是把"一腔血悃"凝铸在五十六字之中，字字精深、不可轻议。这首诗题为"咏怀古迹"，重心是在咏怀上。如果只以昭君之怨作结，只能算是咏史。这不仅理解不到杜甫的情怀，还会产生误解。以前吴若本、《读杜心解》等误把这组诗分为咏怀一章，古迹四首就是例子。其实只要结合杜甫作诗时的境况和他在政治上的遭遇来看，就绝不会得出这种结论。因为他借古抒怀的动机很明显，五首诗的联系也很密切。他在政治上的挫折使他深感君臣际会之难；漂泊西南、依人为生的岁月使他痛苦不堪，而中原扰乱他又欲归不得。所以他咏庾信，寄托自己的乡关之思；咏宋玉，慨叹自己的怀才不遇；咏昭君，谴责君王的美恶不分；咏刘备、孔明，仰慕他们君臣无间的关系。他是借古人酒杯浇自己胸中的块垒。那么可见，这曲中倾诉的怨旷之思岂止属于昭君一人，它分明也是杜甫的怨恨；而不辨美丑的君主又岂止是汉元帝一人，后来有多少人才仍在抒发着感世不遇的情怀！这一曲怨恨已流传千载，谁又能断言它不再继续下去？这一结，切中时弊，含意深远，正是"篇终接混茫"。

其四

第四首咏怀的是刘备在白帝城的行宫永安宫。诗人称颂了三国时刘备和诸葛亮君臣一体的亲密关系，抒发了自己不受重用抱负难展的悲怨之情。

诗歌先叙刘备进袭东吴失败而卒于永安宫，继而叹刘备的复汉大业一蹶不振，当年的翠旗行帐只能在空山想象中觅得踪迹，玉殿虚无缥缈，松杉栖息水鹤。歌颂了刘备的生前事业，叹惋大业未成身先去的荒凉景象。最后赞刘备、诸葛亮君臣一体，表达了无限敬意，发抒了无限感慨。

此诗赞颂刘备、诸葛亮君臣际遇、同心一体，含有诗人自己论事被斥，政治理想不能实现，抱负不能施展的感慨。在艺术描写上和前几首又有所不

同。全诗平淡自然，写景状物形象明朗，以咏古迹为主而隐含咏怀。

其五

这是《咏怀古迹五首》中的最末一篇。诗人以激情昂扬的笔触，对诸葛亮的雄才大略进行了热烈的颂扬，对其壮志未遂叹惋不已！

"诸葛大名垂宇宙"，上下四方为宇，古往今来曰宙，"垂宇宙"，将时间空间共说，给人以"名满寰宇，万世不朽"的具体形象之感。首句如异峰突起，笔力雄放。次句"宗臣遗像肃清高"，让人不由得肃然起敬，遥想一代宗臣，高风亮节，更添敬慕之情。"宗臣"二字总领全诗。

接下来进一步写诸葛亮的才能、功绩。从艺术构思讲，它紧承首联，自然地对其丰功伟绩作出高度的评价："三分割据纡筹策，万古云霄一羽毛。"纡，屈也。纡策而成三国鼎立之势，此好比鸾凤高翔，独步青云，奇功伟业，历代敬仰。然而诗人用词精微，一个"纡"字，突出诸葛亮屈处偏隅，经世怀抱百施其一而已，三分功业，亦只雄风一羽罢了。"万古云霄"形象有力，议论达情，情托于形，自是议论中高于人之处。

想及武侯超人的才智和胆略，使人如见其羽扇纶巾，一扫千军万马的潇洒风度。感情所至，诗人不由呼出"伯仲之间见伊吕，指挥若定失萧曹"的赞语。伊尹是商代开国君主汤的大臣，吕尚辅佐周文王、武王灭商有功，萧何和曹参都是汉高祖刘邦的谋臣和汉初的名相，诗人盛赞诸葛亮的人品与伊尹、吕尚不相上下，而胸有成竹、从容镇定的指挥才能却使萧何、曹参为之黯然失色。这一句既表现了对武侯的极度崇尚之情，同时也表现了诗人不以事业成败持评的高人之见。刘克庄曰："卧龙没已千载，而有志世道者，皆以三代之佐许之。此诗侪之伊吕伯仲间，而以萧曹为不足道，此论皆自子美发之。"黄生曰："此论出，'区区以成败持评者，皆可废矣。'"可见诗人这一论断的深远影响。

最后，"运移汉祚终难复，志决身歼军务劳。"诗人抱恨汉朝"气数"已终，长叹尽管有武侯这样稀世杰出的人物下决心恢复汉朝大业，但竟未成功，反而因军务繁忙、积劳成疾而死于征途。这既是对诸葛亮"鞠躬尽瘁，死而后已"高尚品节的赞歌，也是对英雄未遂平生志的深切叹惋。

这首诗，由于诗人以自身肝胆情志吊古，故能涤肠荡心，浩气炽情，动人肺腑，成为咏古名篇。诗中除了"遗像"是咏古迹外，其余均是议论，不仅手法高妙，而且写得极有情韵。"三分霸业"在后人看来已是赫赫功绩了，而对诸葛亮来说却轻若一羽耳;"萧曹"尚不足道,那区区"三分"就更不足挂齿。如此曲折回宕,处处都是抬高了诸葛亮。全诗议而不空,句句含情,层层推迭。如果把首联比作一雷乍起、倾盆而下的暴雨,那么,颔联、颈联则如江河奔注,波涛翻卷,愈涨愈高,至尾联蓄势已足,突遇万丈绝壁,瀑布而下,空谷传响——"志决身歼军务劳",全诗就结于这动人心弦的最强音上。

富丽华赡中的劝百讽一

长安古意

卢照邻（唐）

长安大道连狭斜，青牛白马七香车。

玉辇纵横过主第，金鞭络绎向侯家。

龙衔宝盖承朝日，凤吐流苏带晚霞。

百尺游丝争绕树，一群娇鸟共啼花。

游蜂戏蝶千门侧，碧树银台万种色。

复道交窗作合欢，双阙连甍垂凤翼。

梁家画阁中天起，汉帝金茎云外直。

楼前相望不相知，陌上相逢讵相识？

借问吹箫向紫烟，曾经学舞度芳年。

得成比目何辞死，愿作鸳鸯不羡仙。

比目鸳鸯真可羡，双去双来君不见？

生憎帐额绣孤鸾，好取门帘帖双燕。

双燕双飞绕画梁，罗帷翠被郁金香。

片片行云着蝉鬓，纤纤初月上鸦黄。

鸦黄粉白车中出，含娇含态情非一。

妖童宝马铁连钱，娼妇盘龙金屈膝。

御史府中乌夜啼，廷尉门前雀欲栖。

隐隐朱城临玉道，遥遥翠幰没金堤。

挟弹飞鹰杜陵北，探丸借客渭桥西。

俱邀侠客芙蓉剑，共宿娼家桃李蹊。

娼家日暮紫罗裙，清歌一啭口氛氲。

北堂夜夜人如月，南陌朝朝骑似云。

南陌北堂连北里，五剧三条控三市。

弱柳青槐拂地垂，佳气红尘暗天起。

汉代金吾千骑来，翡翠屠苏鹦鹉杯。

罗襦宝带为君解，燕歌赵舞为君开。

别有豪华称将相，转日回天不相让。

意气由来排灌夫，专权判不容萧相。

专权意气本豪雄，青虬紫燕坐春风。

自言歌舞长千载，自谓骄奢凌五公。

节物风光不相待，桑田碧海须臾改。

昔时金阶白玉堂，即今惟见青松在。

寂寂寥寥扬子居，年年岁岁一床书。

独有南山桂花发，飞来飞去袭人裾。

作品鉴赏

这首诗借托"古意"，实抒今情。它的题材、用语与萧纲的《乌栖曲》等齐梁宫体诗非常接近，但思想感情却大不相同。他的词采虽然富丽华赡，但终不伤于浮艳。诗的写法近似汉赋，对描写对象极力铺陈渲染，并且略带"劝百讽一"之意。

全诗可分为以下四个部分。

第一部分从"长安大道连狭斜"至"娼妇盘龙金屈膝"铺陈长安豪门贵族争竞豪奢、追逐享乐的生活。首句就有气势地展开大长安的平面图，四通八达的大道与密如蛛网的小巷交织着。次句即入街景，那是无数的香车宝马，川流不息。这样简劲地总提纲领，以后则洒开笔墨，恣肆汪洋地加以描写：玉辇纵横、金鞭络绎、龙衔宝盖、凤吐流苏……如文漪落霞，舒卷绚烂。这些执"金鞭"、乘"玉辇"，车饰华贵，出入于公主第宅、王侯之家的都不是等闲人物。"纵横"可见其人数之多，"络绎"不绝。这种景象从"朝日"初升到"晚霞"将合，没有一刻停止过。在长安，不但人是忙碌的，连景物也丰富而热闹：写"游丝"是"百尺"，写"娇鸟"则成群，"争"字、"共"字，俱显闹市之闹意。写景俱有陪衬之功用。以下写长安的建筑，而由"花"带出蜂蝶，乘蜂蝶游踪带出常人无由见到的宫中景物，笔致灵活。诗人并不对宫室结

构全面铺写，只展现出几个特写镜头：聚集着蜂蝶的宫门，五颜六色的楼台，雕刻精工的合欢花图案的窗棂，饰有金凤的双阙的宝顶……使人通过这些接连闪过的金碧辉煌的局部，概见壮丽的宫殿的全景。写到豪门第宅，笔调更为简括，"梁家画阁中天起"，其势巍峨可比汉宫铜柱。这文采飞动的笔墨，纷至沓来的景象，令人目不暇接。于是，在通衢大道与小街曲巷的平面上，矗立起画栋飞檐的华美建筑，成为立体的大"舞台"。诗人在这部分花不少笔墨写出的市景，也构成全诗的背景，下一部分的各色人物仍是在这一背景上活动的。

　　长安是一片人海，人之众多竟至于"楼前相望不相知，陌上相逢讵相识。"这里豪贵骄奢、狭邪艳冶、无所不有，写来够瞧的。诗人对豪贵的生活也没有全面铺写，却用大段文字写豪门的歌儿舞女，通过她们的情感、生活以概见豪门生活之一斑。"借问"四句与"比目"四句，用内心独白式的语言，是一唱一和，是男有心女有意。"比目""鸳鸯""双燕"一连串作双成对的事物与"孤鸾"的对比，"何辞死""不羡仙""真可羡""好取""生憎"的果决反复的表态，写出爱恋的狂热与痛苦。通过对舞女心思的描写，从侧面反映出长安人们对于情爱的渴望。这一部分结束的二句"妖童宝马铁连钱，娼妇盘龙金屈膝"与篇首"青牛白马七香车"相呼应，标志对长安白昼热闹的描写告一段落。下一部分写长安之夜，不再涉及豪门情事，是为了让更多类型的人物登场"表演"，同时，从这些人的享乐生活也可以推知豪门的情况，可见用笔繁简之妙。

　　第二部分从"御史府中乌夜啼"至"燕歌赵舞为君开"，主要写形形色色人物的夜生活。这部分开始二句即活用典故。"乌夜啼"与"隐隐朱城临玉道，遥遥翠幰没金堤"写出黄昏景象，表明时间进入暮夜。"雀欲栖"则暗示御史、廷尉一类执法官门庭冷落，没有权力。夜长安遂成为"冒险家"的乐园。这里点出从"夜"到"朝"，与前一部分"龙衔"二句点出从"朝"到"晚"，时间上彼此连续，可见长安人的享乐是夜以继日、周而复始的。长安街道纵横，市面繁荣。这部分里，长安各色人物一幕幕出现，不是贫血而萎靡的宫体诗所可比拟。

　　第三部分从"别有豪华称将相"至"即今惟见青松在"，写长安上层社会除追逐难于满足的情欲之外，还有一种权力欲，驱使着文武权臣互相倾轧。这些被称为将相的豪华人物，权倾天子、互不相让。灌夫是汉武帝时的将军，萧望之为汉元帝时的重臣，他们都曾受人排挤和陷害。"意气"二句用此二典泛指文臣与武将之间的互相排斥、倾轧。其得意者骄横一时，而自谓"富贵千载"。"青虬紫燕坐春风""自言歌舞长千载"二句又与前两部分中关于车马、歌舞的描写相呼应。所以虽写另一内容，彼此却关联钩锁，并不游离。"自言"而又"自谓"，讽刺的意味十足。接下来趁势转折，"节物风光不相待，桑田碧海须臾改。昔时金阶白玉堂，即今惟见青松在"这四句不只就"豪华将相"而言，实一举扫空前两部分提到的各类角色。四句不但内容上与前面的长篇铺叙形成对比，形式上也尽显藻绘，语言转为素朴。因而词采亦有浓淡对比，更突出了那扫空一切的悲剧效果。闻一多指出这种新的演变说，这里似有"劝百讽一"之嫌。而宫体诗中讲讽刺，那却是十分生疏、很少被人用到的手法。

第四部分即末四句，在上文今昔纵向对比的基础上，再作横向的对比，以穷愁著书的汉代的扬雄比喻诗人自己，与长安豪华人物对照作结，可以看出魏晋左思"济济京城内"一诗的影响。但左思诗中八句写豪华者，八句写扬雄。而此诗以六十四句篇幅写豪华者，内容丰富，画面宏伟，细节生动；末了以四句写扬雄，这里的对比在分量上突出不对称，而效果更为显著。前面是长安市上的"轰轰烈烈"，而这里是终南山内的"寂寂寥寥"。前面是任情纵欲倚仗权势，这里是"年年岁岁一床书"的清心寡欲、不慕荣利。而前者声名俱灭，后者"独有南山桂花发，飞来飞去袭人裾"以文名流芳百世。虽以四句对六十四句，却有"秤砣虽小压千斤"之感。这个结尾不但在迥然不同的生活情趣中寄寓着对骄奢庸俗生活的批判，而且带有不遇于时者的愤慨寂寥之感和自我宽解的意味，它是此诗归趣所在。

此诗感情充沛，力量雄厚。它主要采用赋法，但并非平均使力、铺陈始终；而是有重点、有细节地描写，回环照应，详略得宜；而结尾又颇具兴义，耐人含咏。它一般以四句一换景或一转意，诗韵更迭转换，形成有活力的节奏。同时，在转意换景处多用连珠格，或前分后总的复沓层递句式，使意换辞联，形成一气到底而又缠绵往复的旋律。虽然此诗词彩的华艳富赡，犹有六朝余习，但大体上能服从新的内容需要。前几部分铺陈豪华故多丽句，结尾纵、横对比则转清词，所以不伤于浮艳。

第二章　怀古咏史诗　善评历史　抒怀达善

摇曳迤逦中的借古讽今

金陵怀古

刘禹锡（唐）

潮满冶城渚，日斜征虏亭。
蔡洲新草绿，幕府旧烟青。
兴废由人事，山川空地形。
后庭花一曲，幽怨不堪听。

作品鉴赏

"潮满冶城渚，日斜征虏亭。"首联写的是晨景和晚景。诗人为寻访东吴当年冶铸之地——冶城的遗迹来到江边，正逢早潮上涨，水天空阔。冶城这一以冶制吴刀、吴钩著名的古迹在何处？诗人徘徊寻觅，却四顾茫然。只有那江涛的拍岸声和江边一片荒凉的景象。它仿佛告诉人们：冶城和吴国的雄图霸业一样，早已在时间的长河中消逝得无影无踪。傍晚时分，征虏亭寂寞地矗立在斜晖之中，伴随着它的不过是投在地上的长长的倒影而已。东晋王谢贵族之家曾在这里饯行送别的热闹排场早已不复存在。尽管亭子与夕阳依旧，但人事却已全非。诗在开头两句巧妙地把盛衰对比从景语中道出，使诗歌一落笔就紧扣题意，自然流露出吊古伤今之情。

"蔡洲新草绿，幕府旧烟青。"颔联两句虽然仍是写景，但此处写的景不仅是对历史陈迹的凭吊，还以雄伟美丽的山川为见证来抒怀，借以形象地表达诗人对某一历史问题的见识。诗人说："看哪，时序虽在春寒料峭之中，那江心不沉的战船——蔡洲却已长出一片嫩绿的新草；那象征金陵门户的幕府山正雄视大江，山顶上升起袅袅青烟，光景依然如旧。"他还想起幕府山正是由于丞相王导曾在此建立幕府屯兵驻守而得名。但曾几何时，东晋仍然被刘宋所代替，衡阳王刘义季出任南兖州刺史，此山从此又成为刘宋新贵们祖饯之处。

山川风物在变幻的历史长河中并没有改变，诗人看到的仍是：春草年年绿，旧烟岁岁青。这一联融古今事与眼前景为一体，"新草绿""旧烟青"六字作得醒豁鲜明，情景交融，并为下文的感慨作铺垫。

"兴废由人事，山川空地形。"颈联承上两联转入议论。诗人以极其精练的语言揭示了六朝兴亡的秘密，并警示当世：六朝的繁华哪里去了？当时的权贵而今安在？险要的山川并没有为他们的长治久安提供保障。国家兴亡，原当取决于人事！在这一联里，诗人思接千里，自铸伟词，提出了社稷之存"在德不在险"的卓越见解。后来王安石《金陵怀古·天兵南下此桥江》"天兵南下此桥江，敌国当时指顾降。山水雄豪空复在，君王神武自难双"，便是由此引出，足见议论之高，识见之卓。

尾联"后庭花一曲，幽怨不堪听"。六朝帝王凭恃天险、纵情享乐而国亡，历史的教训并没有被后世牢记。诗人以《玉树后庭花》尚在流行，暗示当今唐代的统治者依托百二关中之险，沉溺在声色享乐之中，正步着六朝的后尘，其后果是不堪设想的。《玉树后庭花》是公认的亡国之音。这首诗含蓄地把鉴戒亡国之意寄寓一种音乐现象之中，可谓意味深长。

《贞一斋诗说》中这样写道："咏史诗不必凿凿指事实，看古人名作可见。"刘禹锡这首诗就是这样，首联从题前摇曳而来，尾联从题后迤逦而去。前两联只点出与六朝有关的金陵名胜古迹，以暗示千古兴亡之所由，而不是为了追怀一朝、一帝、一事、一物。至后两联则通过议论和感慨借古讽今，揭示出全诗主旨。这种手法用在咏史诗、怀古诗中是颇为高明的。

丰富多彩中的感慨言志

金陵怀古

许浑（唐）

玉树歌残王气终，景阳兵合戍楼空。

松楸远近千官冢，禾黍高低六代宫。

石燕拂云晴亦雨，江豚吹浪夜还风。

英雄一去豪华尽，惟有青山似洛中。

作品鉴赏

金陵是孙吴、东晋和南朝的宋、齐、梁、陈的古都，隋唐以来，由于政治中心的转移，不再有六朝的金粉繁华。金陵的盛衰沧桑，成为许多诗人寄慨言志的话题。这首诗便是一首咏怀金陵的诗。

这首诗的首联以追述隋兵灭陈的史事发端，写南朝最后一个朝廷，在陈后主所制乐曲《玉树后庭花》的靡靡之音中覆灭。公元589年，隋军攻陷金陵，《玉树后庭花》曲犹未尽，金陵的末日却已来临，隋朝大军直逼景阳宫外，城防形同虚设，陈后主束手就擒，陈朝灭亡。这是金陵由盛转衰的开始，全诗以此发端，可谓善抓关键。

颔联描写金陵的衰败景象。"松楸"，即坟墓上的树木。诗人登高而望，远近高低尽是松楸荒冢、残宫禾黍。南朝的繁荣盛况已成为历史的陈迹。

前两联在内容安排上首先追述对前朝历史的遥想，然后补写引起这种遥想的眼前景物。这就突出了陈朝灭亡这一金陵盛衰的转折点及其蕴含的历史教训。

颈联用比兴手法概括世间的风云变幻。这里"拂""吹"用得传神，"亦""还"写得含蓄。"拂云"描写石燕掠雨穿云的形象，"吹浪"表现江豚兴风鼓浪的气势。"晴亦雨"意味着"阴固雨"，"夜还风"显见得"日已风"。"江豚"和"石燕"象征历史上叱咤风雨的人物，如尾联所说的英雄。这两句通过描写江上风云晴雨的变化，表现人类社会的干戈起伏和历代王朝的兴亡交替。

尾联照应开头，抒发了诗人对于繁华易逝的感慨。金陵和洛阳都有群山环绕，地形相似，所以李白《金陵三首》中有"山似洛阳多"的诗句。"惟有青山似洛中"，就是说今日的金陵除去山川地势与六朝时依然相似，其余的一切都大不一样了——江山不改，世事多变。

这首怀古七律，在选取形象、锤炼字句方面很见功力。例如，中间两联都以自然景象反映社会的变化，手法却大不相同；颔联采取赋的写法进行直观的描述，颈联借助比兴取得暗示的效果。松楸、禾黍都是现实中司空见惯的植物，石燕和江豚则是动物。这样，既写出各式各样丰富多彩的形象，又烘托了一种神秘莫测的浪漫主义气氛。至于炼字，以首联为例："残"和"空"从文化生活和军事设施两方面反映陈朝的腐败，一文一武，点染出陈亡之前金陵城一片没落不堪的景象；"合"字又以泰山压顶之势，表现隋朝大军兵临城下的威力；"王气终"则与尾联的"豪华尽"前后相应，写出了对金陵繁华一去不返、人间权势终归于尽的慨叹。

第三章

思乡送别诗 善抒心绪 至真至善

身处逆境，遭受挫折，唐人仍然不失平淡的心境。那种面对苦难和不幸的从容自信，能够透射出唐人温暖的情怀和亲切的态度。

老朋友多年不见了，而彼此宦海漂游不能自主，又使得相见无期。昏黄的灯光下孤独地读对方的诗卷，也许是一种不错的选择。偶尔，有窗外的风雨之声为伴，就像白居易的《舟中读元九诗》：

> 把君诗卷灯前读，诗尽灯残天未明。
> 眼痛灭灯犹暗坐，逆风吹浪打船声。

诗人思念知交，但不流于俗人常态，彻夜阅读，直到眼睛疼痛支撑不住，这是以读诗的疲劳来代替思念的疲劳，伤感中显示出心有灵犀的味道，而窗外的风浪则为这种特殊的友谊染上了淡淡的诗意。

年华老去，昔日翩翩少年转眼之间已经白头，这大约是世人最难克服的难堪，连三国时代那位横槊赋诗的一代英雄曹操也不能免俗，正如他在那篇著名的《短歌行》（节选）里所吟唱的：

> 对酒当歌，人生几何！
> 譬如朝露，去日苦多。
> 慨当以慷，忧思难忘。
> 何以解忧？唯有杜康。

但是在亲切随和的唐人眼里，这一沉重的心理挫折却可以付诸笑谈，消解于举手投足之中，我们再看张籍的《逢故人》：

> 山东一十馀年别，今日相逢在上都。
> 说尽向来无限事，相看摩挲白髭须。

一别十年，老友重逢时已经历经沧桑，说着无尽的往事，顽皮地摩挲着对方已经花白的胡须，宛若儿时揪着彼此的小辫，老人也变得年轻起来。沉重的叹息尚未出口，就这样随风而去。

面对苦难，举重若轻，将沉痛化为诗意的惆怅，这也是唐人的强项。安史之乱是唐由盛转衰的标志，在唐玄宗驾车逃向四川的滚滚烟尘中，每一个唐人的命运都发生了改变，随之而来的饥饿、战乱、天灾在每一个唐人心头上都留下了深深伤痕。面对这段惊心动魄、不堪回首的历史，元稹却能冷静而平淡，写下《行宫》：

> 寥落古行宫，宫花寂寞红。
>
> 白头宫女在，闲坐说玄宗。

繁华的帝国，无限的风光，元稹一概不理，他眼中只有这残破的宫殿和寂寞的红花，这是盛唐大厦的残片；闲坐在夕阳里的白头宫女，这也是盛唐大厦的碎片。当盛唐气象已经远去，只有这刺目的红色和白色伴随宫女娓娓而谈的往事，唤起人们对于昔日荣光的印象。承担这一切的，不过是一个已经没有明天的寂寞宫女和她身后的同样寂寞的红花。

唐彦谦的《仲山》也是如此：

> 千载遗踪寄薜萝，沛中乡里旧山河。
>
> 长陵亦是闲丘陇，异日谁知与仲多？

汉高祖刘邦以布衣身份提三尺剑取天下，击败了包括楚霸王项羽在内的无数关东六国的贵族子弟，当年进入关中的"约法三章"更是显示出"吊民伐罪"的风度，但是，唐彦谦撇开大汉帝国的这些都不谈，只选取了《史记·高祖本纪》中的一件事：

未央宫成。高祖大朝诸侯群臣，置酒未央前殿。高祖奉玉卮，起为太上皇寿，曰："始大人常以臣无赖，不能治产业，不如仲力。今某之业所就孰与仲多？"殿上群臣皆呼万岁，大笑为乐。

刘邦建成未央宫，天下大定，群臣欢宴，此时的刘邦大约有点得意忘形。想起自己年轻时不务正业，经常被父亲批评不如自己的二哥能干，于是就问自己的父亲："你现在看看，我为咱们家挣得的产业，和老二相比，谁多？"

此处唐彦谦颇有些调侃的味道，原来所谓的国家大事、天下兴亡，落到实处，也不过是帝王将相的家业兴衰而已。

回顾西汉辉煌之时，汉元帝建昭三年，甘延寿、陈汤率西域诸国兵马，诛杀单于以下千余人，献俘长安，在给汉元帝刘奭的上书中意气风发地写道：

宜悬头槁街蛮夷邸间，以示万里，明犯强汉者，虽远必诛。

然而，在唐彦谦面对仲山那种非常随意的歌吟声中，这种强大的气势显得是那样平淡。因为，在诗人看来，这种雄心壮志不过是为高祖那份家业略作增加而已。

政治开明的盛唐时期，人与人的关系也表现得相对亲和纯真，王维写给綦毋潜的两首诗曲尽人情、美轮美奂：

圣代无隐者，英灵尽来归。

遂令东山客，不得顾采薇。

既至金门远，孰云吾道非。

江淮度寒食，京洛缝春衣。

置酒长安道，同心与我违。

行当浮桂棹，未几拂荆扉。

远树带行客，孤城当落晖。

吾谋适不用，勿谓知音稀。

——《送綦毋潜落第还乡》

明时久不达，弃置与君同。

天命无怨色，人生有素风。

念君拂衣去，四海将安穷。

秋天万里净，日暮澄江空。

清夜何悠悠，扣舷明月中。

和光鱼鸟际，澹尔兼葭丛。

无庸客昭世，衰鬓日如蓬。

顽疏暗人事，僻陋远天聪。

微物纵可采，其谁为至公。

余亦从此去，归耕为老农。

——《送綦毋校书弃官还江东》

王维对失意者的劝慰委婉熨帖，哀而不伤，悲而不痛，笔法圆融，别具一种明和通达的雅正之韵。友人落第还乡，王维也感难过难舍，婉转宽解曰"孰云吾道非"；置酒饯别，面对乘舟即将离去的挚友，又以忠厚旷达语祝愿道"吾谋适不用，勿谓知音稀"。第二首送弃官归乡的綦毋潜，根据儒家的"有道则仕、无道则隐"的原则，綦毋潜的归隐是大可颂扬的壮举，对此，诗人表现出欣赏的态度。

另外，王维还有两首送人落第的诗也写得诚挚动人、深婉有致：

> 怜君不得意，况复柳条春。
>
> 为客黄金尽，还家白发新。
>
> 五湖三亩宅，万里一归人。
>
> 知祢不能荐，羞为献纳臣。
>
> ——《送丘为落第归江东》

> 杜门不复出，久与世情疏。
>
> 以此为良策，劝君归旧庐。
>
> 醉歌田舍酒，笑读古人书。
>
> 好是一生事，无劳献子虚。
>
> ——《送孟六归襄阳》

送人赴任的代表作《送梓州李使君》：

> 万壑树参天，千山响杜鹃。
>
> 山中一夜雨，树杪百重泉。
>
> 汉女输橦布，巴人讼芋田。
>
> 文翁翻教授，不敢倚先贤。

诗人想象友人为官的梓州万壑千山，到处是参天古树、杜鹃声啼，一夜透雨过后，山间飞泉百道，好似挂在树梢上，风景雄奇秀美。接着写梓州风俗民情，最后表示期待友人在此地取得显赫政绩、不负先贤。

非常难能可贵的是，王维不以升迁荣辱为转移，在趋炎附势、世态炎凉的俗世里，其人情美、人性美、人格美具有震撼人心的巨大力量。在朋友失意落魄时，王维总是表现得十分真诚和热忱，忧其忧而急其急，就这种感情本身而言就有令人感激涕零的感染力，故而，其诗有时尽管淡淡数语，则胜人虚言千百：

> 相逢方一笑，相送还成泣。
>
> 祖帐已伤离，荒城复愁入。
>
> 天寒远山净，日暮长河急。

解缆君已遥，望君犹伫立。

——《齐州送祖三》

杨柳渡头行客稀，罟师荡桨向临圻。
惟有相思似春色，江南江北送君归。

——《送沈子福之江东》

郊外谁相送，夫君道术亲。
书生邹鲁客，才子洛阳人。
祖席依寒草，行车起暮尘。
山川何寂寞，长望泪沾巾。

——《送孙二》

以上三首短小精悍的送别之作，深衷浅貌、语短情长。还有《送李判官赴东江》《送张五諲归宣城》《送友人南归》等"写得交谊蔼然，千载之下，犹难为怀"。

盛唐时期，文人可以根据情势自由选择安身立命之地，体现出一种追慕静穆智慧、艺术人生的道德追求。

如王维所写：

送君尽惆怅，复送何人归。
几日同携手，一朝先拂衣。
东山有茅屋，幸为扫荆扉。
当亦谢官去，岂令心事违。

——《送张五归山》

先生何处去，王屋访茅君。
别妇留丹诀，驱鸡入白云。
人间若剩住，天上复离群。
当作辽城鹤，仙歌使尔闻。

——《送张道士归山》

伯舅吏淮泗，卓鲁方喟然。
悠哉自不竞，退耕东皋田。

条桑腊月下，种杏春风前。

酌醴赋归去，共知陶令贤。

——《奉送六舅归陆浑》

　　送人赴边、远游的诗，题旨往往跳出同情、劝勉、祝愿的常理常境，借机发表对时事的看法，对开明政治的向往，表现出积极的建功理想和崇高的人格精神，刚健清新，慷慨激昂，体现出盛唐特殊的时代美；送人落第、归乡、赴任的诗，一般都别开生面，境界奇高，重在叙写人物风流、清华高绝的典雅气质，且对山水之美和人物之秀极力颂扬，这类诗表现出诗人对江左风流的精神行为的效仿和推崇，体现出醇厚的人情美；送人归隐的诗是王维为自己结识的方外高人隐士量身定制的，诗人不吝溢美之言来肯定他们独特的人生选择，赞美他们的智慧和高情远韵，体现出超凡脱俗的道德美。王维送别诗艺术成就极高，他突破了一般送别之作的礼节性、应酬式泛泛叙写，能够曲尽人情，达到至真、至善、至美的境界。

　　在那个时代，唐人面对着太多辉煌的诞生和辉煌的毁灭，但是他们没有一味地放大自己的喜怒哀乐，他们更多的是以一种平常心态去体会、触摸一切。生活中，可以没有伟大，但不能没有平凡；可以没有沉重，但不能没有飘逸；可以没有苦痛，但不能没有微笑。这是唐诗世界中亲切味道的真谛。在这方面，唐人是我们的老师。

第三章　思乡送别诗　善抒心绪　至真至善

白云无尽时的劝慰

送 别

王维（唐）

下马饮君酒，问君何所之？
君言不得意，归卧南山陲。
但去莫复问，白云无尽时。

作品鉴赏

　　这首诗写送友人归隐。全诗六句，仅第一句叙事，诗人只用五个字就叙写出自己骑马并送了友人一段路程，然后才下马设酒，饯别友人。下马之处也就是饯饮之地，大概在进入终南山的山口处。这样就把题旨点足。以下五句是同友人的问答对话。第二句设问，问友人向哪里去，以设问的方式自然地引出下面的答话，并过渡到归隐，表露出对友人的关切。三、四句是友人的回答。看似语句平淡无奇，细细读来，却是词浅情深，含着悠然不尽的意味。王维笔下的"君"是一个隐士，有自己的影子，至于为什么不得意，在这里只是一语带过，更见这一人物的飘逸性情和对俗世的厌弃以及对隐居生活的向往。

　　"不得意"三字，指出了友人归隐的原因，道出了友人心中的抑郁不平。至于友人不得意的内容，当然主要是指政治上、功业上的怀才不遇。诗人没有明确写出，也不必写出，留以想象空间。五、六句，是他在得知友人"不得意"后，对友人的劝慰。他劝友人到山中去，不必再为尘世间得意失意的事情苦恼，只有山中的白云才是无穷无尽的。这里明说山中白云无尽，而尘世功名利禄的"有尽"、无常已含蕴其中。这两句意蕴非常复杂、丰富，诗的韵味很浓。句中有诗人对友人的同情、安慰，也有自己对现实的愤懑，有对人世荣华富贵的否定，也有对隐居山林的向往。似乎是旷达超脱，又带着点无可奈何的情绪。从全篇看，诗人以问答的方式，既使送者和行人双方的思想感情得以交流，又能省略不少交代性的文字，还使得诗意空灵跳脱，语调亲切。

　　王维这首《送别》在创作中吸收了通过直觉、暗示、比喻、象征来寄寓深层意蕴的方法。他在这首诗中，就将自己内心世界的复杂感受凝缩融汇在"白云无尽时"这一幅自然画面之中，从而达到了"拈花一笑，不言而喻"，寻味无穷的艺术效果。

第三章　思乡送别诗　善抒心绪　至真至善

冰心在玉壶的深情

芙蓉楼送辛渐

王昌龄（唐）

寒雨连江夜入吴，平明送客楚山孤。

洛阳亲友如相问，一片冰心在玉壶。

作品鉴赏

"寒雨连江夜入吴"，迷蒙的烟雨笼罩着吴地江天（今南京一带，此地是三国孙吴故地），织成了一张无边无际的愁网。夜雨增添了萧瑟的秋意，也渲染出了离别的黯淡气氛。那寒意不仅弥漫在满江烟雨之中，更沁透在两位离别的友人的心头上。"连"字和"入"字写出雨势的平稳连绵，江雨悄然而来的动态能被诗人分明地感知，则其因离情萦怀而一夜未眠的情景也自可想见。但是，这一幅水天相连、浩渺迷茫的吴江夜雨图，正好展现了一种极其高远壮阔的境界。

中晚唐诗和婉约派宋词往往将雨声写在窗下梧桐、檐前铁马、池中残荷等事物上，而王昌龄却并不实写如何感知秋雨来临的细节，他只是将听觉、视觉和想象概括成连江入吴的雨势，以大片淡墨染出满纸烟雨，这就用浩大的气魄烘托了"平明送客楚山孤"的开阔意境。清晨，天色已明，辛渐即将登舟北归。诗人遥望江北的远山，想到友人不久便将隐没在楚山之外，孤寂之感油然而生。

在辽阔的江面上，进入诗人视野的当然不只是孤峙的楚山。浩荡的江水本来是最易引起别情似水的联想的，唐人由此而得到的名句也多得不可胜数。然而王昌龄没有将别愁寄予随友人远去的江水，却将离情凝注在矗立于苍莽平野的楚山之上。因为友人回到洛阳，即可与亲友相聚，而留在吴地的诗人，却只能像这孤零零的楚山一样，伫立在江畔空望着流水逝去。一个"孤"字如同感情的引线，自然而然牵出了后两句临别叮咛之辞："洛阳亲友如相问，一片冰心在玉壶。"

诗人从清澈无瑕、澄空见底的玉壶中捧出一颗晶亮纯洁的冰心以告慰友人，这比任何相思的言辞都更能表达他对洛阳亲友的深情。

早在六朝刘宋时期，诗人鲍照就用"清如玉壶冰"（《代白头吟》）来比喻高洁清白的品格。自从开元宰相姚崇作《冰壶诫》以来，盛唐诗人如王维、崔颢、李白等都曾以冰壶自励，推崇光明磊落、表里澄澈的品格。王昌龄托辛渐给洛阳亲友带去的口信不是通常的平安家信，而是传达自己依然冰清玉洁、坚持操守的信念，是大有深意的。

诗人以晶莹透明的冰心玉壶自喻，正是基于他与洛阳诗友亲朋之间的真正了解和信任，这绝不是洗刷谗名的表白，而是蔑视谤议的自誉。

即景生情，情蕴景中，本是盛唐诗的共同特点，而深厚有余、优柔舒缓、"尽谢炉锤之迹"（胡应麟《诗薮》）又是王诗的独特风格。本诗那苍茫的江雨和孤峙的楚山，不仅烘托出诗人送别时的凄寒孤寂之情，更体现了诗人开阔的胸怀和坚强的性格。屹立在江天之中的孤山与冰心置于玉壶的比象之间又形成一种有意无意的照应，令人自然联想到诗人孤介傲岸、冰清玉洁的形象，使精巧的构思和深婉的用意融化在一片清空明澈的意境之中，浑然天成，不着痕迹，含蓄蕴藉，余韵无穷。

《新唐书》列传称"其诗绪密而思清"。他的绝句大都有这一特点，此首也不例外，特别是"洛阳亲友如相问，一片冰心在玉壶"二句，细致精密，给人以冰清玉洁之感。

"一片冰心在玉壶"，即所谓"自明高志"。其中"冰心"二字见于《宋书》卷九十二："冰心与贪流争激，霜情与晚节弥茂"。这是刘宋时代"清平无私""为上民所爱咏"的良吏陆徽的话，王昌龄取用"冰心"二字，当表示自己与"厉志廉洁，历任恪勤，奉公尽诚，克己无倦"的陆徽志同。"玉壶"二字见于鲍照《代白头吟》："直如朱丝绳，清如玉壶冰"，这是高洁的象征。此外，陆机《汉高祖功臣颂》的"周苛慷忾，心若怀冰"、姚崇《冰壶诫·并序》的"夫洞澈无瑕，澄空见底，当官明白者，有类是乎。故内怀冰清，外涵玉润，此君子冰壶之德也"，大致都是"不牵于宦情"之意。王昌龄的这一名句不仅包蕴了"冰心""玉壶""心若怀冰""玉壶之德"等语意，而且深情而含蓄地表达了自己的品格和德行。

天涯若比邻的豪迈

送杜少府之任蜀川

王勃（唐）

城阙辅三秦，风烟望五津。

与君离别意，同是宦游人。

海内存知己，天涯若比邻。

无为在歧路，儿女共沾巾。

作品鉴赏

此诗是王勃的代表作之一。首联属"工对"中的"地名对"，极壮阔，极精整。第一句写长安的城垣、宫阙被辽阔的三秦之地所"辅"，气势雄伟，点送别之地。第二句里的"五津"指岷江的五大渡口白华津、万里津、江首津、涉头津、江南津，泛指"蜀川"，点杜少府即将宦游之地；而"风烟""望"，又把相隔千里的秦、蜀两地连在一起。自长安遥望蜀川，视线被迷蒙的风烟所遮，微露伤别之意，已摄下文"离别""天涯"之魂。

因首联已对仗工稳，为了避免板滞，故次联以散调承之，文情跌宕。"与君离别意"承首联写惜别之感，欲吐还吞。翻译一下，那就是："跟你离别的意绪啊……"但那意绪怎么样，没有说，立刻改口，来了个转折，用"同是宦游人"一句加以宽解。意思是：我和你同样远离故土，宦游他乡，这次离别，只不过是客中之别，又何必感伤！

第三联推开一步，奇峰突起。从构思方面看，很可能受了曹植《赠白马王彪》："丈夫志四海，万里犹比邻。恩爱苟不亏，在远分日亲"的启发。但高度概括，自铸伟词，便成千古名句。

尾联紧接三联，以劝慰杜少府作结。"在歧路"，点出题面上的那个"送"字。歧路者，岔路也，古人送行，常至大路分岔处分手，所以往往把临别称为"临歧"。诗人在临别时劝慰杜少府说：只要彼此了解，心心相连，那么即使一个在天涯，一个在海角，远隔千山万水，而情感交流，不就是如比邻一样近吗？可不要在临别之时像小儿女一般悲伤流泪。

南朝著名文学家江淹在《别赋》里写了各种各样的离别，都不免使人"黯然消魂"。古代的许多送别诗，也大都表现了"黯然消魂"的情感。王勃的这首诗，却一洗悲酸之态，意境开阔，音调爽朗，独标高格。

芳草萋萋时的归思

黄鹤楼

崔颢（唐）

昔人已乘黄鹤去，此地空余黄鹤楼。

黄鹤一去不复返，白云千载空悠悠。

晴川历历汉阳树，芳草萋萋鹦鹉洲。

日暮乡关何处是？烟波江上使人愁。

作品鉴赏

元人辛文房《唐才子传》记李白登黄鹤楼本欲赋诗，因见崔颢此作，为之敛手，说："眼前有景道不得，崔颢题诗在上头。"传说或出于后人附会，未必真有其事。然李白确曾两次作诗拟此诗格调，其《鹦鹉洲》中前四句说："鹦鹉来过吴江水，江上洲传鹦鹉名。鹦鹉西飞陇山去，芳洲之树何青青。"与崔诗如出一辙；又有《登金陵凤凰台》亦是明显地摹学此诗。为此，说诗者众口交誉，如严羽《沧浪诗话》谓："唐人七言律诗，当以崔颢《黄鹤楼》为第一。"有如此多的赞誉，崔颢的《黄鹤楼》的名气就更大了。

《黄鹤楼》之所以成为千古传颂的名篇佳作，主要还在于诗歌本身具有的美学意蕴。

一是意中有象、虚实结合的意境美。黄鹤楼因其在今武昌黄鹤山（又名蛇山）之巅而得名。诗人这几笔写出了彼时登黄鹤楼的人们常有的感受，气概苍莽，感情真挚。

二是气象恢宏、色彩缤纷的绘画美。诗中有画，历来被认为是山水写景诗的一种艺术标准，《黄鹤楼》也达到了这个高妙的境界。诗人描绘了黄鹤楼的近景，隐含着此楼枕山临江，峥嵘缥缈之形势。颔联在感叹"黄鹤一去不复返"的抒情中，描绘了黄鹤楼的远景，表现了此楼耸入天际、白云缭绕的壮观。颈联写诗人游目骋怀，直接勾勒出黄鹤楼外江上明朗的日景。尾联徘徊低吟，间接呈现出黄鹤楼下江上朦胧的晚景。诗篇所展现的整幅画面上，交替出现的有黄鹤楼的近景、远景、日景、晚景，变化奇妙，气象恢宏；相互映衬的则有仙人黄鹤、名楼胜地、蓝天白云、晴川沙洲、绿树芳草、落日暮江，形象鲜明，色彩缤纷。全诗在诗情之中充满了画意，富于绘画美。

前人有"文以气为主"之说，此诗前四句看似随口说出，一气旋转，顺势而下，绝无半点滞碍。"黄鹤"二字再三出现，却因其气势奔腾直下，使读者急忙读下去，无暇觉察到它的重叠出现，而这是律诗格律上的大忌，诗人好像忘记了是在写"前有浮声，后须切响"、字字皆有定声的七律。试看：首联的五、六字同出"黄鹤"，第三句几乎全用仄声，第四句又用"空悠悠"这样的三平调煞尾，亦不顾什么对仗，用的全是古体诗的句法。这是因为七律在当时尚未定型吗？不是的，规范的七律早就有了，崔颢自己也曾写过。是诗人有意在写六律吗？也未必。他跟杜甫的律诗有意自创别调的情况也不同。看来还是知之而不顾，如《红楼梦》中林黛玉教人作诗时所说的："若是果有了奇句，连平仄虚实不对都使得的。"在这里，崔颢是依据诗以立意为要和"不以词害意"的原则去进行实践的，所以才写出这样七律中罕见的高唱入云的诗句。此外，双声、叠韵和叠音词或词组的多次运用，如"黄鹤""复返"等双声词，"此地""江上"等叠韵词组，以及"悠悠""历历""萋萋"等叠音词，造成了此诗声音铿锵，清朗和谐，富于音乐美。

此诗前半首用散调变格，后半首就整饬归正，实写楼中所见所感，写从楼上眺望汉阳城、鹦鹉洲的芳草绿树并由此而引起的乡愁，这是先放后收。倘若只放不收，一味不拘常规，不回到格律上来，那么，它就不是一首七律，而成为七古了。此诗前后似成两截，其实文势是从头一直贯注到底的，中间只不过是换了一口气罢了。这种似断实续的连接，从律诗的起、承、转、合来看，也最有章法。杨载《诗法家数》论律诗第二联要紧承首联时说："此联要接破题（首联），要如骊龙之珠，抱而不脱。"此诗前四句正是如此，颔联与破题相接相抱，浑然一体。杨载又论颈联之"转"说："与前联之意相避，要变化，如疾雷破山，观者惊愕。"疾雷之喻，意在说明章法上至五、六句应有突变，出人意料。此诗转折处，格调上由变归正，境界上与前联截然异趣，恰好符合律法的这个要求。叙昔人黄鹤，杳然已去，给人以渺不可知的感觉；忽一变而为晴川草树，历历在目，萋萋满洲的眼前景象，这一对比，不但能烘染出

登楼远眺者的愁绪，也使文势因此而有起伏波澜。《楚辞·招隐士》曰："王孙游兮不归，春草生兮萋萋。"诗中"芳草萋萋"之语亦借此而抖出结尾乡关何处、归思难禁的意思。末联以写烟波江上日暮怀归之情作结，使诗意重归于开头那种渺茫不可见的境界，这样能回应前面，如豹尾之能绕额的"合"，也是很符合律诗法度的。

正由于此诗艺术手法出神入化，取得极大成功，它被人们推崇为题黄鹤楼的绝唱，就是可以理解的了。

何须花烬繁的心酸

日 暮

杜甫（唐）

牛羊下来久，各已闭柴门。
风月自清夜，江山非故园。
石泉流暗壁，草露滴秋根。
头白灯明里，何须花烬繁。

作品鉴赏

　　湘西一带地势平坦，清溪萦绕，山壁峭立，林寒涧肃，草木繁茂。黄昏时分，展现在诗人眼前的是一片山村寂静的景色。

　　"牛羊下来久，各已闭柴门。"夕阳的淡淡余晖洒满偏僻的山村，一群群牛羊早已从田野归来，家家户户深闭柴扉，各自团聚。首联从《诗经》"日之夕矣，羊牛下来"句点化而来。"牛羊下来久"句中仅著一"久"字，便另创新的境界，使人能自然联想起山村傍晚时的宁静；而"各已闭柴门"，则使人从阒寂的村落想象到户内人们享受天伦之乐的景况。这就隐隐透出一种思乡恋亲的情绪。皓月悄悄升起，诗人凝望着这宁静的山村，禁不住触动思念故乡的愁怀。

　　"风月自清夜，江山非故园。"秋夜，晚风清凉，明月皎洁，湘西的山川在月光覆照下明丽如画，无奈并非自己的故乡风物！淡淡二句，有着多少悲郁之感。杜甫在这一联中采用的是拗句。"自"字处本当用平声，却用了去声，"非"字处应用仄声而用了平声。"自"与"非"是句中关键的字眼，一拗一救，显得波澜有致，正是为了服从内容的需要，深切委婉地表达了怀念故园的深情。江山美丽，却非故园。这一"自"一"非"，隐含着一种无可奈何的情绪和浓重的思乡愁怀。

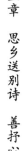

夜愈深，人更静，诗人带着乡愁的情绪观看山村秋景，仿佛蒙上一层清冷的色彩。"石泉流暗壁，草露滴秋根。"这两句词序有意错置，原句顺序应为："暗泉流石壁，秋露滴草根。"意思是，清冷的月色照满山川，幽深的泉水在石壁上潺潺而流，秋夜的露珠凝聚在草叶上，滴落在草根旁，晶莹欲滴。意境是多么凄清而洁净！给人以悲凉、抑郁之感。词序的错置，不仅使声调更为铿锵和谐，而且突出了"石泉"与"草露"，使"流暗壁"和"滴秋根"所表现的诗意更加奇逸、浓郁。从凄寂幽邃的夜景中，隐隐地流露出一种迟暮之感。

景象如此冷漠，诗人不禁默默走回屋里，挑灯独坐，更觉悲凉凄怆。"头白灯明里，何须花烬繁。"杜甫居蜀近十载，晚年老弱多病，如今，花白的头发和明亮的灯光交相辉映，济世渺茫，归乡又遥遥无期，因而尽管面前灯烬结花斑斓繁茂，似乎在预报喜兆，诗人不但不觉欢欣，反而倍感烦恼，"何须"一句，说得幽默而又凄婉，表面看来好像是宕开一层的自我安慰，其实却饱含辛酸的眼泪和痛苦的叹息。

"情语能以转折为含蓄者，唯杜陵居胜。"（《姜斋诗话》）王夫之对杜诗的评语也恰好阐明了本诗的艺术特色。诗人的衰老感，怀念故园的愁绪，在诗中都没有正面表达，结句只委婉地说"何须花烬繁"，嗔怪灯花报喜，仿佛喜兆和自己根本无缘，沾不上边似的，这样写确实婉转曲折，含蓄蕴藉，耐人寻味，给人以更鲜明的印象和深刻的感受，可谓达到炉火纯青的境地。

归心对月明的戚凄

晚次鄂州

卢纶（唐）

云开远见汉阳城，犹是孤帆一日程。

估客昼眠知浪静，舟人夜语觉潮生。

三湘衰鬓逢秋色，万里归心对月明。

旧业已随征战尽，更堪江上鼓鼙声！

作品鉴赏

　　这是一首即景抒怀的诗。首联写"晚次鄂州"的心情。浓云散开，江天晴明，举目远眺，汉阳城依稀可见，因为"远"，还不可及，船行尚须一天。这样，今晚就不得不在鄂州停泊了。诗人由江西溯长江而上，必须经过鄂州（今湖北省武汉市武昌），才能直抵湖南。汉阳城在汉水北岸，鄂州之西。起句即点题，述说心情的喜悦，次句突转，透露沉郁的心情，用笔腾挪跌宕，使平淡的语句体现微妙的思致。诗人在战乱中漂泊，对行旅生涯早已厌倦，渴望早日有个安憩之所。因此，一到云开雾散，看到汉阳城时，不禁喜从中来。但"犹是"两字，突显诗人感情的骤落。这二句，看似平常叙事，却仿佛使人听到诗人在拨动着哀婉缠绵的琴弦，倾诉着孤凄苦闷的心曲，透纸贯耳，情韵不匮。

　　颔联写"晚次鄂州"的景况。诗人简笔勾勒船舱中的所见所闻：同船的商贾知道此刻风平浪静；夜深人静，忽闻船夫相唤，杂着加缆扣舷之声，不问而知夜半涨起江潮来了。诗人写的是船中常景，然而笔墨中却透露出他昼夜不宁的纷乱思绪。所以尽管这些看惯了的舟行生活，似乎也在给他平增枯涩乏味的生活感受。

　　颈联写"晚次鄂州"的联想。诗人情来笔至，借景抒怀。时值寒秋，正

是容易令人感到悲凉的季节，无限的惆怅已使我两鬓如霜了；我人往三湘去，心却驰故乡，独对明月，归思更切！"三湘"是诗人此行的目的地。而诗人的家乡则在万里之遥的蒲州（今山西永济）。秋风起，落叶纷下，秋霜落，青枫凋，诗人无赏异地的秋色之心，却有思久别的故乡之念。一个"逢"字，将诗人的万端愁情与秋色的万般凄凉联系起来，移愁情于秋色，妙合无垠。"万里归心对月明"，其中不尽之意见于言外，有迢迢万里不见家乡的悲悲戚戚，亦有音书久滞，萦怀妻儿的凄凄苦苦，真可谓愁肠百结，煞是动人肺腑。

尾联写"晚次鄂州"的感慨，写诗人有家不可归，只得在异域他乡颠沛奔波的原因。最后二句，把忧心愁思更加地深化了：田园家计，事业功名，都随着不停息的战乱丧失殆尽，而烽火硝烟未灭，江上仍然传来声声战鼓。诗人虽然远离了沦为战场的家乡，可是他所到之处又无不是战云密布，这就难怪他愁上加愁了。诗的最后两句，把思乡之情与忧国愁绪结合起来，使此诗有了更深的社会意义。

这首诗中，诗人只不过截取了漂泊生涯中的一个片段，却反映了广阔的社会背景，写得连环承转，意脉相连，而且迂徐从容，曲尽情致。在构思上，不用典故来支撑诗架；在语言上，不用艳藻来求其绮丽；在抒情上，不用泼墨来露出筋骨。全诗淡雅而含蓄，平易而炽热，饶有韵味。

不度玉门关的悲壮

凉州词二首·其一

王之涣（唐）

黄河远上白云间，

一片孤城万仞山。

羌笛何须怨杨柳，

春风不度玉门关。

作品鉴赏

据唐人薛用弱的《集异记》记载：开元年间（公元713-741年），王之涣与高适、王昌龄到旗亭饮酒，遇梨园伶人唱曲宴乐，三人便私下约定以伶人演唱各人所作诗篇的多少一比高下。王昌龄的诗被唱了两首，高适也有一首诗被唱到，王之涣接连落空。轮到诸伶中最美的一位女子演唱时，她所唱则为"黄河远上白云间"，王之涣甚为得意。这就是著名的"旗亭画壁"的故事。此事未必实有，但表明王之涣这首诗在当时已成为广为传唱的名篇。

诗的前两句描绘了西北边地广漠壮阔的风光。

首句抓住自下（游）向上（游）、由近及远眺望黄河的特殊感受，描绘出"黄河远上白云间"的动人画面：汹涌澎湃、波浪滔滔的黄河竟像一条丝带迤逦飞上云端。写得真是神思飞跃，气象开阔。

诗人的另一名句"黄河入海流"，其观察角度与此正好相反，是自上而下的目送；而李白的"黄河之水天上来"，虽也写观望上游，但视线运动却又由远及近，与此句不同。"黄河入海流"和"黄河之水天上来"，同是着意渲染黄河一泻千里的气派，表现的是动态美。而"黄河远上白云间"，方向与河的流向相反，意在突出其源远流长的闲远仪态，表现的是一种静态美。同时展示了边地广漠壮阔的风光，不愧为千古奇句。

次句"一片孤城万仞山"，出现了塞上孤城，这是此诗的主要意象之

一，属于"画卷"的主体部分。"黄河远上白云间"是它远大的背景，"万仞山"是它靠近的背景。在远川高山的反衬下，益见此城地势险要、处境孤危。"一片"是唐诗习用语词，往往与"孤"连文（如"孤帆一片""一片孤云"等），这里相当于"一座"，而在词采上多了一层"单薄"的意思。这样一座漠北孤城，不是居民点，而是戍边的堡垒，暗示读者诗中有征夫在。"孤城"作为古典诗歌语汇，具有特定含义。它往往与离人愁绪联结在一起，如"夔府孤城落日斜，每依北斗望京华"（杜甫《秋兴》）、"遥知汉使萧关外，愁见孤城落日边"（王维《送韦评事》）等。第二句"孤城"意象先行引入，为下两句进一步刻画征夫的心理活动做好了准备。

诗起于写山川的雄阔苍凉，承以戍守者处境的孤危。第三句忽而一转，引入羌笛之声。羌笛所奏乃《折杨柳》曲调，这就不能不勾起征夫的离愁了。此句系借用乐府《横吹曲辞·折杨柳歌辞》中"上马不捉鞭，反折杨柳枝。蹀座吹长笛，愁杀行客儿"的诗意。折柳赠别的风习在唐时最盛。"杨柳"与离别有更直接的关系。所以，人们不但见了杨柳会引起别愁，连听到《折杨柳》的笛曲也会触动离恨。而"羌笛"句不说"闻折杨柳"却说"怨杨柳"，用语尤妙。这就避免直接用曲调名，化板为活，且能引发更多的联想，深化诗意。玉门关外，春风不度，杨柳不青，离人想要折一枝杨柳寄情也不能，这就比折柳送别更为难堪。征人怀着这种心情听曲，似乎笛声也在"怨杨柳"，流露的怨情是强烈的，而以"何须怨"的宽解语委婉出之，深沉含蓄，耐人寻味。

这第三句以问语转出了如此浓郁的诗意，末句"春风不度玉门关"也就水到渠成。用"玉门关"一语入诗也与征人离思有关。《后汉书·班超传》云："不敢望到酒泉郡，但愿生入玉门关。"所以末句正写边地苦寒，含蓄着无限的乡思离情。如果把这首《凉州词》与中唐以后的某些边塞诗（如张乔的《河湟旧卒》）加以比较，就会发现，此诗虽极写戍边者不得还乡的怨情，但写得悲壮苍凉，没有衰飒颓唐的情调，表现出盛唐诗人广阔的心胸。即使写悲切的怨情，也是悲中有壮，悲凉而慷慨。"何须怨"三字不仅见其艺术手法的委婉蕴藉，也可看到当时边防将士在乡愁难禁时，也意识到卫国戍边责任的重大，方能如此自我宽解。也许正因为《凉州词》情调悲而不失其壮，所以其才能成为"唐音"的典型代表。

第四章

忧国忧民诗　善诉疾苦　尽情尽善

读唐诗，经常会被千年之前那些充满温情的文字感动。高适是唐代边塞诗人中的名家，我们阅读他的作品，就会发现里边不仅充溢着金戈铁马、大漠风沙的豪情，同样也不乏洋溢着人文的气息。舍弃那些人人传颂的所谓的代表作，我们且看他的《行路难》二首。

其一

君不见富家翁，
旧时贫贱谁比数。
一朝金多结豪贵，
万事胜人健如虎。
子孙成行满眼前，
妻能管弦妾能舞。
自矜一身忽如此，
却笑傍人独愁苦。
东邻少年安所如，
席门穷巷出无车。
有才不肯学干谒，
何用年年空读书。

其二

长安少年不少钱，
能骑骏马鸣金鞭。
五侯相逢大道边，
美人弦管争留连。
黄金如斗不敢惜，
片言如山莫弃捐。
安知憔悴读书者，
暮宿灵台私自怜。

高适的诗对边塞诗派有着重要的影响。写边塞，苍茫而不凄凉；赋送别，荒渺而不凄切，皆脱前人窠臼，开一代诗风。其诗又以厚重深沉著称，擅长古风，所写边塞诗在冰寒之中包含着热力，在荒凉之中蕴涵着活力，是边塞诗派发展进程中的一个重要里程碑。

诗人对纵情于声色、沉醉于轻歌曼舞的富家翁生活，对斗鸡走马、挥金如土的富豪子弟表现出一种淡淡的蔑视；又为生活清贫、衣食不周而处境窘迫的读书人、贫家子弟而愤愤不平。

的确，贫富不均的现象历代不乏，诗人能够正视并指出这种现象，比起那种漠然视之或者视而不见的庸庸者，当然要高尚得多，也睿智得多。因为，只有对生活的这个世界怀有一种深沉的热爱，思想才会触及这一深度。

诗人艾青《我爱这土地》中的句子道出了诗人为什么往往会饱含深情：

> 为什么我的眼里会常含泪水？
> 因为我对这土地爱得深沉……

在这个变化太快，充满着太多传奇的社会，每个人都可能有落魄的时候，每个人都有遇到挫折的时候。在这个时候，如果能够以一种悲悯的情怀，目光向下，那么，你就会发现，自己一时的困苦，又算得了什么？文章憎命达，历来著名诗人大多运气不好，似乎才气越高，人生之路的挫折也就越多。高适的运气算是唐代诗人中最好的了，即便这样，他在四十岁以前也是艰辛备尝，这两首《行路难》是悯人之作，但是也未尝没有自怜的成分。

话又说回来，怀一颗慈悲之心，看来真的是化解日常生活中的苦难挫折的最好药方。经历丰富、历尽人生沉浮的诗人们大多这样。我们看震撼人心的大唐的诗歌，最感动人心的往往不是那些雄壮有力的诗篇，而恰恰是一些充满个人阅历和悲悯情怀的低吟。

我们看那些风尘仆仆且为了各种原因游走于都市城邑、山川古道的人们，无不抱着一颗友爱之心，持一种慈悲情愫，比如，即使自己沦落天涯，即使自己尚存官员身份，但是见到了"门前冷落鞍马稀，老大嫁作商人妇"的琵琶女，白居易还是油然而生"同是天涯沦落人，相逢何必曾相识"的同情；看到烈日下辛勤耕作的老农，官居宰相高位的诗人李绅仍会惭愧地想起盘中的食物，我们看他的《悯农》二首：

其一

> 春种一粒粟，秋成万颗子。
> 四海无闲田，农夫犹饿死。

其二

> 锄禾日当午，汗滴禾下土。
> 谁知盘中餐，粒粒皆辛苦。

看到贵妇人光彩夺目的首饰——步摇，李贺会情不自禁地想起采玉工人冒着生命危险，在风雨之中艰难地采玉，我们看他的《老夫采玉歌》：

> 采玉采玉须水碧，琢作步摇徒好色。
> 老夫饥寒龙为愁，蓝溪水气无清白。
> 夜雨冈头食蓁子，杜鹃口血老夫泪。
> 蓝溪之水厌生人，身死千年恨溪水。
> 斜山柏风雨如啸，泉脚挂绳青袅袅。
> 村寒白屋念娇婴，古台石磴悬肠草。

采玉的老汉一边念着家中的孩子，一边还要忍着饥寒，冒着风险，在悬崖与溪流之间爬上爬下，为的只是成就贵妇人举手投足之际的刹那芳华！

以一种更广博的胸怀，去追念更加困苦的人们更加深重的灾难，那么自己的苦难也就不是那么沉重了。想想那些每日叹息自己不得志的人们，那些老是抱怨自己生不逢时的人们，他们缺乏的正是唐人的这种关心他人的情怀。

人文情怀，需要一种对他人遭遇感同身受的心理自觉和细腻体察。中唐以后，世风日益奢华，而白居易的《秦中吟十首·买花》则巧妙地反映出这种风气，从而透露出诗人沉痛的内心：

> 帝城春欲暮，喧喧车马度。
> 共道牡丹时，相随买花去。
> 贵贱无常价，酬直看花数。
> 灼灼百朵红，戋戋五束素。
> 上张幄幕庇，旁织巴篱护。

水洒复泥封，移来色如故。

家家习为俗，人人迷不悟。

有一田舍翁，偶来买花处。

低头独长叹，此叹无人喻。

一丛深色花，十户中人赋。

众所周知，唐人爱牡丹几乎到了疯狂的地步。我们从白居易这首诗里也能看得出来：大家对牡丹爱护备至，"上张幄幕庇，旁织巴篱护"——上边用帷幕保护，周围用篱笆遮拦；牡丹的保鲜技术也很发达，"水洒复泥封，移来色如故"——洒水用泥密封保鲜，长途运输不变色；牡丹花价格高昂，"一丛深色花，十户中人赋"——一丛颜色稍微好的花，价格就相当于十户人家的赋税。如果没有善良的情怀和以此为背景的睿智，恐怕也发不出如此深沉的感叹。

中唐诗人张籍曾经写过一首《野老歌》：

老农家贫在山住，耕种山田三四亩。

苗疏税多不得食，输入官仓化为土。

岁暮锄犁傍空室，呼儿登山收橡实。

西江贾客珠百斛，船中养犬长食肉。

诗人以一个老农的视角，发着质朴的牢骚，种着几亩贫瘠的土地，却只能靠山中野果为生，收获的粮食都缴了赋税，而官家收获以后也只是将粮食堆在仓库里腐烂变质。勤劳的农民还不如那些财大气粗的商人，他们家里的宠物犬都以肉为食呢。我们今天的作家、诗人，或许是缺乏这种善良的智慧和人文关怀，因而才显得那么苍白而没有力度。

唐人善良的人文情怀，不是仅仅停留在口头上和思想中，而是体现在身体力行中。安史之乱时杜甫四处流浪，曾经居住的庭院中有一株枣树，隔壁一个贫穷的老妇人经常偷偷来扑枣充饥，善良的杜甫假作不知，任其所为。后来杜甫搬走了，把房屋送给一个朋友居住。他特意写了一首诗《又呈吴郎》嘱咐这个朋友：

堂前扑枣任西邻，无食无儿一妇人。

不为困穷宁有此？只缘恐惧转须亲。

即防远客虽多事，使插疏篱却甚真。

已诉征求贫到骨，正思戎马泪盈巾。

老妇人无依无靠，已经很可怜了。但是，太直露的施舍也会伤了她的自尊，因此杜甫要朋友假装不知道有人偷枣，以此来照顾老妇人的自尊心。看来，行善也不仅仅是简单的物质馈赠和施舍，它也需要技巧和慧心。

古人常说："宁为太平犬，不为乱世人。"的确，乱世之中，人命如草，曹操曾经用"白骨露于野，千里无鸡鸣"来描述汉末动乱后的景象。晚唐诗人杜荀鹤也写过一首《山中寡妇》，讲述了一无所有、苟活于深山的一个寡妇的悲惨境况，这恰恰可以给杜甫《又呈吴郎》诗中的老妇人形象做一个注脚，也更令我们对杜甫的善良智慧生出敬意：

夫因兵死守蓬茅，麻苎衣衫鬓发焦。
桑柘废来犹纳税，田园荒后尚征苗。
时挑野菜和根煮，旋斫生柴带叶烧。
任是深山更深处，也应无计避征徭。

失去丈夫，苛捐杂税，野菜糊口，压得这位寡妇已经麻木得没有了爱美之心——"麻苎衣衫鬓发焦"，好像也无所谓自尊了，但可贵的是，即使是这种境况的弱势群体，杜甫也注意到了他们的人格尊严。

《礼记·檀弓》下有这样一段记载：

齐大饥，黔敖为食于路，以待饿者而食之。有饿者，蒙袂辑屦，贸贸然来。黔敖左奉食，右执饮，曰："嗟！来食！"扬其目而视之，曰："予唯不食嗟来之食，以至于斯也。"从而谢焉，终不食而死。曾子闻之，曰："微与！其嗟也可去，其谢也可食。"

齐国发生了大饥荒，黔敖在路边救济灾民，一个饿得摇摇晃晃路都走不稳的人过来了，于是黔敖赶紧让这个人来吃东西，但是态度很不好："喂！过来吃吧！"可见，黔敖只有这种物质上的同情而缺乏精神上的尊重，那个人却说："我就是因为不食嗟来之食才落到了今天这个地步啊。"他坚决不吃，即使黔敖道歉也不行，最后他被饿死了。

于是，不食嗟来之食就成了流传至今的典故，用来表彰那种讲求人格尊严的行为和观念。同情和善良的表达也需要智慧，谁说不是呢？

可见，任何事情、任何做法都需要恰到好处地表达和处理。唐人对此事显然是经过了成熟的思考，并从中汲取了足够的经验才将其作为日常谈论的常用典故，如徐夤《逐臭苍蝇》一诗：

> 逐臭苍蝇岂有为，清蝉吟露最高奇。
>
> 多藏苟得何名富，饱食嗟来未胜饥。
>
> 穷寂不妨延寿考，贪狂总待算毫厘。
>
> 首阳山翠千年在，好奠冰壶吊伯夷。

在徐夤眼中，"逐臭苍蝇"显然是人格低下者的代名词，他认为，"多藏苟得"再多，也不算富贵；嗟来之食吃得再饱，也不算解决了饥饿问题。为什么呢？因为虽然物质上的饥饿解决了，但那精神上的饥饿又出现了。

所以，如果面对不尊敬的同情和赠予，还不如干脆拒绝，来保持自己人格的和心理上的完整。就像那义不食周粟的伯夷叔齐，虽然饿死首阳山，但是却赢得人们的尊敬。这实在值得我们深思，也令一些人警醒，包括一味不择手段敛取钱财的人和黔敖那类有同情之心而缺乏同情智慧的人。

据说一位作家曾经在路上散步时，看到一位老乞丐时，他准备施一些钱，结果在兜里掏了半天，这位作家才想起没带钱包。于是他满怀歉意地说："兄弟，不好意思，我忘记带钱了。"结果老乞丐激动得一下子抓住了他的手，连声说"谢谢"。原来，很多时候施舍者往往都面无表情，丢下钱就扬长而去，令老乞丐很难堪。而这位作家却是第一位在精神上给予这位老乞丐平等待遇的施舍者——尽管他没有施舍一个子儿，但那声亲切的"兄弟"就已经让老乞丐感受到了作家的真挚！

这段故事的内涵倒是和唐人善良的人文关怀的最高境界吻合，也值得善良的人们思考。的确，当你在风雪交加的黄昏匆匆地走在回家的路上时，可曾看一眼街边卖菜的小贩，体会他们的辛苦？当你在清晨的马路上散步时，可曾看一眼环卫工人，可曾向大厦门口的保安、天天为你开门的民工说一声"谢谢"？

以一种感恩的心情，抱一种善良的人文关怀，眼睛向下看人间，现在又有多少人真正做到了这一点？不为别的，只因为有更多的人还在辛苦地生活，物质和精神上还处在贫乏的状态，正如晚唐诗人温庭筠在《商山早行》中所写的：

第四章 忧国忧民诗 善诉疾苦 尽情尽善

晨起动征铎，客行悲故乡。
鸡声茅店月，人迹板桥霜。
槲叶落山路，枳花明驿墙。
因思杜陵梦，凫雁满回塘。

正因为还有很多人常在旅途，正因为还有很多人在"鸡声茅店月，人迹板桥霜"这种诗意的境况中过着并不诗意的生活，所以我们才需要唐人一样善良的人文关怀和智慧。

情景转换中的家国情怀

春 望

杜甫（唐）

国破山河在，城春草木深。
感时花溅泪，恨别鸟惊心。
烽火连三月，家书抵万金。
白头搔更短，浑欲不胜簪。

作品鉴赏

　　"国破山河在，城春草木深。"诗篇一开头描写了春望所见：山河依旧，可是国都已经沦陷，城池也在战火中残破不堪了，乱草丛生，林木荒芜。诗人记忆中昔日长安的春天是何等的繁华，鸟语花香，飞絮弥漫，烟柳明媚，游人如织，可是那种景象今日已经荡然无存了。一个"破"字触目惊心，继而一个"深"字又令人满目凄然。诗人虽写今日景物，实为抒发人去物非的历史感，将感情寄寓于物，借助景物反托情感，为全诗创造了一种荒凉凄惨的气氛。"国破"和"城春"两个截然相反的意象，同时存在并形成强烈的反差。"城春"指春天花草树木繁盛茂密，景色明丽的季节，可是由于国家衰败，国都沦陷而失去了春天的光彩，留下的只是颓垣残壁，只是"草木深"。"草木深"三个字意味深沉，表示长安里已不是市容整洁、井然有序，而是荒芜破败、人烟稀少、草木杂生。诗人睹物伤感，表现了强烈的黍离之悲。

　　"感时花溅泪，恨别鸟惊心。"花无情而有泪，鸟无恨而惊心，花鸟是因人而具有了怨恨之情。春天的花儿原本娇艳明媚，香气迷人；春天的鸟儿应该在树枝间跳跃，唱着悦耳的"歌声"，给人以愉悦。"感时""恨别"都浓聚着杜甫因时伤怀、苦闷沉痛的忧愁。这两句的含意可以这样理解：我感于战败的时局，看到花开而潸然落泪；我内心惆怅怨恨，听到鸟鸣而心惊胆战。人

第四章　忧国忧民诗　善诉疾苦　尽情尽善

内心痛苦，遇到乐景，反而引发更多的痛苦，就如"昔我往矣，杨柳依依；今我来思，雨雪霏霏"。杜甫继承了这种以乐景表哀情的艺术手法，并寄托了更深厚的情感，获得更为浓郁的艺术效果。诗人痛感国破家亡的苦恨，越是美好的景象，越会增添内心的伤痛。这联通过景物描写、借景生情、移情于物的手法，表现了诗人忧伤国事、思念家人的深沉感情。

"烽火连三月，家书抵万金。"诗人想到战火已经持续了一个春天，仍然没有结束。唐玄宗都被迫逃亡蜀地，唐肃宗刚刚继位，但是官军暂时还没有获得有利形势，至今还未能收复西京，看来这场战争还不知道要持续多久。又想起自己流落被俘，扣留在敌军营，好久没有妻子儿女的音信，他们生死未卜，也不知道怎么样了，不由得感叹要能得到一封家信多好啊。"家书抵万金"，含有多少辛酸、多少期盼，反映了诗人在消息隔绝、久盼音讯不至时的迫切心情。战争是一封家信胜过"万金"的真正原因，也是所有受战争迫害的人民的共同心理，反映出广大人民反对战争，期望和平安定的美好愿望，能很自然地使人产生共鸣。

"白头搔更短，浑欲不胜簪。"烽火连月，家信不至，国愁家忧齐上心头，内忧外患纠缠难解。眼前一片惨戚景象，内心焦虑至极，不觉于极无聊赖之时刻，搔首徘徊，意志踌躇，青丝变成白发。自离家以来，诗人一直在战乱中奔波流浪，而又身陷于长安数月，头发更为稀疏，用手搔发，顿觉稀少短浅，甚至连发簪也插不住了。诗人由国破家亡、战乱分离写到自己的衰老。"白发"是愁出来的，"搔"欲解愁而愁更愁。头发白了、疏了，头发的变化，更使读者感到诗人内心的痛苦和愁怨，读者更加能体会到诗人伤时忧国、思念家人的真切形象，这是一个感人至深、完整丰满的艺术形象。

这首诗全篇情景交融，感情深沉，而又含蓄凝练，言简意赅，充分体现了"沉郁顿挫"的艺术风格。且这首诗结构紧凑，围绕"望"字展开，前四句借景抒情，情景结合。诗人由登高远望到焦点式的透视，由远及近，感情由弱到强，就在这感情和景色的交叉转换中含蓄地传达出诗人的感叹忧愤。由开篇描绘国都萧索的景色，到眼观春花而泪流，耳闻鸟鸣而怨恨；再写战事持续很久，以致家里音信尚无；最后写到自己的哀怨和衰老，环环相生、层层递进，创造了一个能够引发人们共鸣、深思的境界。表现了在典型的时代背景下所生成的苦闷感受，反映了同时代的人们热爱国家、期待和平的美好愿望，表达了大家一致的内在心声。也展示出诗人忧国忧民、感时伤怀的高尚情感。

奔腾前进中的博爱胸襟

茅屋为秋风所破歌

杜甫（唐）

八月秋高风怒号，卷我屋上三重茅。

茅飞渡江洒江郊，高者挂罥长林梢，下者飘转沉塘坳。

南村群童欺我老无力，忍能对面为盗贼。

公然抱茅入竹去，唇焦口燥呼不得，归来倚杖自叹息。

俄顷风定云墨色，秋天漠漠向昏黑。

布衾多年冷似铁，娇儿恶卧踏里裂。

床头屋漏无干处，雨脚如麻未断绝。

自经丧乱少睡眠，长夜沾湿何由彻！

安得广厦千万间，大庇天下寒士俱欢颜，风雨不动安如山。

呜呼！何时眼前突兀见此屋，吾庐独破受冻死亦足！

作品鉴赏

这首诗写的是诗人自己的数间茅屋，表现的却是忧国忧民的情感。

这首诗可分为四节。第一节五句，句句押韵，"号""茅""郊""梢""坳"五个开口呼的平声韵脚传来阵阵风声。"八月秋高风怒号，卷我屋上三重茅"，起势迅猛。"风怒号"三个字，读之如闻秋风咆哮。一个"怒"字，把秋风拟人化，从而使下一句不仅富有动作性，而且富有浓烈的感情色彩。诗人好不容易盖了这座茅屋，刚刚定居下来，秋风却故意同他作对似的怒吼而来，卷起层层茅草，怎能不使他万分焦急？"茅飞渡江洒江郊"的"飞"字紧承上句的"卷"字，"卷"起的茅草没有落在屋旁，却随风"飞"走，"飞"过江去，然后分散地、雨点似地"洒"在"江郊"："高者挂罥长林梢"，很难弄下来；"下者飘转沉塘坳"，也很难收回。

97

"卷""飞""渡""洒""挂罥""飘转",一个接一个的动态词不仅组成一幅幅鲜明的图画,而且紧紧地牵动着诗人的视线,拨动着诗人的心弦。诗人的高明之处在于他并没有抽象地抒情达意,而是寓情意于客观描写之中。读完这几句诗,读者分明看见一位衣衫单薄、破旧的干瘦老人拄着拐杖,立在屋外,眼巴巴地望着怒吼的秋风把他屋上的茅草一层又一层地卷起来,吹过江面,又洒在江郊的各处。而他对大风破屋的焦灼和怨愤之情,也不能不激起读者心灵上的共鸣。

第二节五句,是前一节的发展,也是对前一节的补充。前节写"洒江郊"的茅草无法收回,还有落在平地上是可以收回的,然而却被"南村群童"抱跑了。"欺我老无力"五字非常突出。如果诗人不是"老无力",而是健壮有力,自然不会受这样的欺侮。"忍能对面为盗贼",意为竟然忍心在我的眼前做盗贼!这不过是表现了诗人因"老无力"而受欺侮的愤懑心情而已,绝不是真的给"群童"加上"盗贼"的罪名,要告到官府里去办罪。所以,"唇焦口燥呼不得"也就无可奈何了。用《又呈吴郎》一诗里的话说,这正是"不为困穷宁有此?"诗人如果不是十分困穷,就不会对大风刮走茅草那么心急如焚;"群童"如果不是十分困穷,也不会冒着狂风抱走那些并不值钱的茅草。这一切,都是结尾的伏线。"安得广厦千万间,大庇天下寒士俱欢颜"的崇高愿望,正是从"四海困穷"的现实基础上产生出来的。

"归来倚杖自叹息"总收一、二两节。诗人大约是一听到北风狂叫,就担心盖得不够结实的茅屋发生危险,因而就拄杖出门,直到风吹屋破,茅草无法收回,这才无可奈何地走回家中。"倚杖"当然又与"老无力"照应。"自叹息"中的"自"字下得很沉痛!诗人如此不幸的遭遇只有自己叹息,未能得到别人的同情和帮助,则世风的浇薄意在言外,因而他"叹息"的内容也就十分深广了。当他自己风吹屋破,无处安身,得不到别人的同情和帮助的时候,却又联想到类似处境的无数穷人。

第三节八句,写屋破又遭连夜雨的苦况。"俄顷风定云墨色,秋天漠漠向昏黑"两句,用饱蘸浓墨的大笔渲染出暗淡愁惨的氛围,从而烘托出诗人暗淡愁惨的心境,而密集的雨点即将从漠漠的秋空洒向地面,已在预料之中。"布衾多年冷似铁,娇儿恶卧踏里裂"两句,没有穷困生活体验的诗人是写不出来的。值得注意的是,这不仅是写布被又旧又破,也是为下文写屋破漏雨蓄势。成都的八月,天气并不"冷",正由于"床头屋漏无干处,雨脚如麻未断绝"，所以才感到冷。"自经丧乱少睡眠，长夜沾湿何由彻"两句，一纵一收。一纵，从眼前的处境扩展到安史之乱以来的种种痛苦经历，从风雨飘摇中的茅屋扩展到战乱频繁、残破不堪的国家；一收，又回到"长夜沾湿"的现实。忧国忧民，加上"长夜沾湿"，难以入睡。"何由彻"和前面的"未断绝"相照应，表现了诗人既盼雨停又盼天亮的迫切心情。而这种心情，又是从屋破漏雨、布衾似铁的艰苦处境激发出来的。于是此诗便由个人的艰苦处境联想到其他人的类似处境，水到渠成，自然而然地过渡到全诗的结尾。

　　"安得广厦千万间，大庇天下寒士俱欢颜，风雨不动安如山"，前后用七字句，中间用九字句，句句蝉联而下，而表现阔大境界和愉快情感的词——"广厦""千万间""大庇""天下""欢颜""安如山"等，又声音洪亮，从而构成铿锵有力的节奏和奔腾前进的气势，恰切地表现了诗人从"床头屋漏无干处""长夜沾湿何由彻"的痛苦生活体验中迸发出的奔放的激情和火热的希望。这种奔放的激情和火热的希望，咏歌之不足，故嗟叹之，"呜呼！何时眼前突兀见此屋，吾庐独破受冻死亦足！"诗人的博大胸襟和崇高理想，在这里表现得淋漓尽致。

　　别林斯基曾说："任何一个诗人也不能由于他自己和靠描写他自己而显得伟大，不论是描写他本身的痛苦，或者描写他本身的幸福。任何伟大诗人之所以伟大，是因为他们的痛苦和幸福的根已深深地伸进了社会和历史的土壤里，因为他是社会、时代、人类的器官和代表。"杜甫在这首诗里描写了他本身的痛苦，但当读者读完最后一节的时候，就知道他不是孤立地、单纯地描写他本身的痛苦，而是通过描写他本身的痛苦来表现"天下寒士"的痛苦，来表现社会的苦难、时代的苦难。在狂风暴雨无情袭击的秋夜，诗人脑海里翻腾的不仅是"吾庐独破"，而且是"天下寒士"的茅屋俱破。杜甫这种炽热的忧国忧民的情感和迫切要求变革黑暗现实的崇高理想，千百年来一直扣动着读者的心弦，并产生着积极的作用。

第四章　忧国忧民诗　善诉疾苦　尽情尽善

99

深沉凝练中的牵挂愁绪

小寒食舟中作

杜甫（唐）

佳辰强饮食犹寒，隐几萧条戴鹖冠。

春水船如天上坐，老年花似雾中看。

娟娟戏蝶过闲幔，片片轻鸥下急湍。

云白山青万余里，愁看直北是长安。

作品鉴赏

　　古时从寒食到清明三日禁火，所以首句说"佳辰强饮食犹寒"，逢到节日佳辰，诗人虽在老病之中还是打起精神来饮酒。"强饮"不仅说多病之身不耐酒力，也透露着漂泊中勉强过节的心情。这个起句为诗中写景抒情，安排了一个有内在联系的开端。第二句刻画舟中诗人的孤寂形象。"鹖冠"，点出诗人失去官职不为朝廷所用的身份。穷愁潦倒，身不在官而依然忧心时势，思念朝廷，这是无能为力的杜甫最为伤情之处。首联中"强饮"与"鹖冠"正概括了诗人此时的身世遭遇，也包蕴着诗人一生的无穷辛酸。

　　第二联紧接首联，十分传神地写出了诗人在舟中的所见所感，是历来为人传诵的名句。"天上坐""雾中看"非常切合年迈多病，舟居观景的实际，给读者的感觉十分真切；而在真切中又渗出一层空灵漫渺，把诗人起伏的心潮也带了出来。这种心潮起伏不只是诗人暗自伤老，也包含着更深的意绪：时局的动荡不定、变乱无常，也正如同隔雾看花，真相难明。笔触细腻含蓄，表现了诗人忧思之深以及观察力与表现力的精湛。

　　第三联两句写舟中江上的景物。第一句"娟娟戏蝶"是舟中近景，所以说"过闲幔"；第二句"片片轻鸥"是舟外远景，所以说"下急湍"。这里表面上似乎与上下各联均无联系，其实不是这样。这两句承上，写由舟中外望空中水面之景。"闲幔"的"闲"字回应首联第二句的"萧条"，布幔闲卷，舟中寂寥，所以蝴蝶翩跹起舞，穿空而过。片片白鸥轻快地逐流飞翔，远远离去。正是这样蝶鸥往来自如的景色，才易于对比，更能引发出困居舟中的诗人"直北"望长安的忧思，向尾联做了十分自然的过渡。清代学者浦起龙在《读杜心解》中引用朱翰的"蝶鸥自在，而云山空望，所以对景生愁。"也是指出了第三联与尾联在景与情上的联系。

尾联两句总收全诗。云说"白"，山说"青"，正是寒食佳节春来江上的自然景色，"万余里"是指诗人的思绪随着层叠不断的青山白云引开去，为结句做一铺垫。"愁看"收括全诗的思想感情，将深长的愁思凝聚在"直北是长安"上。浦起龙说："'云白山青'应'佳辰'，'愁看直北'应'隐几'。"这只是从字面上去分析首尾的暗相照应。其实这一句将舟中舟外，近处远处的观感，以致漂泊时期诗人对时局多难的忧伤感怀全部凝缩在内，而以一个"愁"字总结，既凝重地结束了全诗，又有无限的深情俱在言外。

此诗有借鉴唐代诗人沈佺期诗句之处，如"人疑天上坐，鱼似镜中悬"（《钓竿篇》）等。全诗在自然流转中显出深沉凝练，很能表现杜甫晚年诗风苍茫而沉郁的特色。

惨淡沉郁中的忧国忧民

岁晏行

杜甫（唐）

岁云暮矣多北风，潇湘洞庭白雪中。

渔父天寒网罟冻，莫徭射雁鸣桑弓。

去年米贵阙军食，今年米贱大伤农。

高马达官厌酒肉，此辈杼轴茅茨空。

楚人重鱼不重鸟，汝休枉杀南飞鸿。

况闻处处鬻男女，割慈忍爱还租庸。

往日用钱捉私铸，今许铅锡和青铜。

刻泥为之最易得，好恶不合长相蒙。

万国城头吹画角，此曲哀怨何时终？

作品鉴赏

全诗前四层各四句，末用二句作结，共五层。

"岁云暮矣多北风，潇湘洞庭白雪中。"首句承题，点明时令节候。"潇湘洞庭"，点出诗人行经之地。一年将尽，北风呼啸的洞庭湖上，雪花纷纷扬扬。诗歌开篇就勾勒出一幅天寒地冻、惨淡惨冷的背景。又写岁晏景事，为全诗写时事创造气氛。"渔父天寒网罟冻，莫徭射雁鸣桑弓"，直写眼前情景，渔父网冻捕不成鱼，莫徭（瑶族古称）出于无奈而射雁，既表现出百姓生活之艰难，也流露出诗人的悯农之情。

"去年米贵阙军食，今年米贱大伤农。高马达官厌酒肉，此辈杼轴茅茨空。"高车驷马的达官贵人吃厌了酒肉，男耕女织的农民终年辛勤却一无所有，这深刻地暴露了统治阶级的腐朽，道出了人间的不平。前四句伤穷民之渔猎者，此四句又伤穷民之耕织者，一再以民生为念，令人感泣。

"楚人重鱼不重鸟，汝休枉杀南飞鸿。况闻处处鬻男女，割慈忍爱还租庸。"莫徭射雁不能换来收入以改变穷困处境，等于白害了鸿雁生命，所以说"枉杀"。诗用"汝休"二字，有劝诫之意，语气沉郁，表现了诗人对大雁的同情，同时使人联想起民间"哀鸿遍野"的惨境。"况闻"有进层之意，这就进一步揭露了官府横征暴敛，写出剥夺者对百姓的残酷压榨已到了让人忍无可忍的境地。

"往日用钱捉私铸，今许铅锡和青铜。"天宝以后，地主商人在青铜里掺和铅锡，牟取暴利。官府听之任之，所以说"今许"。"刻泥为之最易得，好恶不合长相蒙。"愤激中有讽刺，入木三分。诗通过今昔对比，有力地抨击了当时的朝廷政策。如此仗义执言，反映了诗人对人民疾苦深切的关注和同情。

"万国城头吹画角，此曲哀怨何时终？"诗首从岁暮所见写起，诗末以岁暮所闻收束，首尾呼应，表达忧乱之意。点破题旨，流露出诗人对时局的深深忧虑和对百姓生活困苦的担忧。

这首诗在艺术形式上采用了铺叙和对比。诗以"岁云暮矣多北风，潇湘洞庭白雪中"开启，先记诗人漂泊时地，然后铺陈展叙其见闻，或写人记事，慨叹今昔；或揭露权贵，抨击朝政；或言志抒情，伤时忧国，回环往复，变化多端，各尽其妙，非大手笔莫办。其间，又常用简练的语言表现极为丰富的社会内容，如"高马达官厌酒肉，此辈杼轴茅茨空""万国城头吹画角，此曲哀怨何时终"等都概括了封建社会两种阶级的对立和人民生活在水深火热的战乱中的基本面貌，诗人通过描写百姓情况反映出当时形势混乱，也表达出浓浓的忧国忧民的情感。

理殊趣合中的深情吟咏

秋兴八首

杜甫（唐）

其一

玉露凋伤枫树林，
巫山巫峡气萧森。
江间波浪兼天涌，
塞上风云接地阴。
丛菊两开他日泪，
孤舟一系故园心。
寒衣处处催刀尺，
白帝城高急暮砧。

其二

夔府孤城落日斜，
每依北斗望京华。
听猿实下三声泪，
奉使虚随八月槎。
画省香炉违伏枕，
山楼粉堞隐悲笳。
请看石上藤萝月，
已映洲前芦荻花。

其三

千家山郭静朝晖，
日日江楼坐翠微。

信宿渔人还泛泛，
清秋燕子故飞飞。
匡衡抗疏功名薄，
刘向传经心事违。
同学少年多不贱，
五陵衣马自轻肥。

其四

闻道长安似弈棋，
百年世事不胜悲。
王侯第宅皆新主，
文武衣冠异昔时。
直北关山金鼓振，
征西车马羽书驰。
鱼龙寂寞秋江冷，
故国平居有所思。

其五

蓬莱宫阙对南山，
承露金茎霄汉间。
西望瑶池降王母，
东来紫气满函关。
云移雉尾开宫扇，
日绕龙鳞识圣颜。
一卧沧江惊岁晚，
几回青琐点朝班。

其六

瞿塘峡口曲江头，
万里风烟接素秋。
花萼夹城通御气，

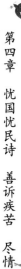

第四章　忧国忧民诗　善诉疾苦　尽情尽善

105

芙蓉小苑入边愁。
珠帘绣柱围黄鹄，
锦缆牙墙起白鸥。
回首可怜歌舞地，
秦中自古帝王州。

其七

昆明池水汉时功，
武帝旌旗在眼中。
织女机丝虚夜月，
石鲸鳞甲动秋风。
波漂菰米沉云黑，
露冷莲房坠粉红。
关塞极天惟鸟道，
江湖满地一渔翁。

其八

昆吾御宿自逶迤，
紫阁峰阴入渼陂。
香稻啄馀鹦鹉粒，
碧梧栖老凤凰枝。
佳人拾翠春相问，
仙侣同舟晚更移。
彩笔昔曾干气象，
白头吟望苦低垂。

作品鉴赏

　　《秋兴八首》这组诗，融入夔州萧条的秋色，清凄的秋声，诗人暮年多病的苦况，关心国家命运的深情，悲壮苍凉，意境深闳。它是一组八首相连、结构严密、抒情深挚的七言律诗，体现了诗人晚年的思想感情和艺术成就。

　　"秋兴"这个题目，意思是因感秋而寄兴。"兴"即汉儒说《诗经》

的所谓"赋比兴"的"兴"（在四声应读"去声"）。西晋的潘岳有《秋兴赋》，也是一篇感秋寄兴之作。但《秋兴赋》的体裁属于辞赋类，而杜甫的《秋兴八首》则是律诗，是唐代新兴的一种诗体。若论它们的创作成就和对后世造成的影响，杜甫的《秋兴八首》当然不是潘岳的《秋兴赋》可以比拟的。

从全诗来说，《秋兴八首》的结构可分两部，以第四首为过渡。前三首详写夔州而略写长安，后五首详写长安而略写夔州；前三首由夔州而思及长安，后五首则由思长安而归结到夔州；前三首由现实引发回忆，后五首则由回忆回到现实。至于各首之间，则亦首尾相衔，有一定次第，不能移易，八首只如一首。这八首诗，章法缜密严整，脉络分明，不宜拆开，亦不可颠倒。从整体看，从诗人身在的夔州，联想到长安；由暮年飘零，羁旅江上，面对满目萧条景色而引起国家盛衰及个人身世的感叹；以对长安盛世的追忆归结到诗人现实处境的孤寂、今昔对比的哀愁。这种忧思不是杜甫一时一地的偶然触发，而是自经丧乱以来，他忧国伤时感情的集中表现。目睹国家残破，而不能有所作为，其中曲折，诗人不忍明言，也不能尽言。这就是他所以望长安，写长安、婉转低回、反复慨叹的原因。

为理解这组诗的结构，须对其内容先略做说明。第一首是组诗的序曲，通过对巫山巫峡的秋色秋声的形象描绘，烘托出阴沉萧森、动荡不安的环境气氛，令人感到秋色秋声扑面惊心，抒发了诗人忧国之情和孤独抑郁之感。第一首开门见山，抒情写景，波澜壮阔，感情强烈。诗意落实在"丛菊两开他日泪，孤舟一系故园心"两句上，下启第二、三首。第二首写诗人身在孤城，从落日的黄昏坐到深宵，翘首北望，长夜不寐，上应第一首。这首侧重写自己已近暮年，兵戈不息，卧病秋江的寂寞，以及身在剑南，心怀渭北的关切。"每依北斗望京华"，表现出诗人对长安的强烈怀念。第三首写晨曦中的夔府，是第二首的延伸。诗人日日独坐江楼，秋气清明，江色宁静，而这种宁静给诗人带来的却是烦扰不安。面临种种矛盾，只能深深感叹自己一生的事与愿违。第四首是组诗的前后过渡。前三首诗的忧郁不安步步紧逼，至此才揭示它们的中心内容，接触到"每依北斗望京华"的核心：长安像"弈棋"一样被彼争此夺，反复不定。人事的更变，纲纪的崩坏，以及回纥、吐蕃的连年进犯，这一切使诗人深感国运今非昔比。对杜甫说来，长安不是个抽象的地理概念，他在这唐代的政治中心住过整整十年，深深印在心上的有依恋、有爱慕、有欢笑，也有到处"潜悲辛"的苦闷。当此国家残破、秋江清冷、个人孤独之际，所熟

悉的长安景象，——浮现眼前。"故国平居有所思"一句挑出以下四首。第五首，描绘长安宫殿的巍峨壮丽，早朝场面的庄严肃穆，以及自己曾得"识圣颜"至今引为欣慰的回忆。值此沧江病卧，岁晚秋深，更加触动他的忧国之情。第六首，诗人怀想昔日帝王歌舞游宴之地曲江的繁华。帝王佚乐游宴引来了无穷的"边愁"，轻歌曼舞断送了"自古帝王州"，在无限惋惜之中，隐含斥责之意。第七首忆及长安的昆明池，展示唐朝当年国力昌盛、景物壮丽和物产富饶的盛景。第八首表现了诗人当年在昆吾、御宿、渼陂春日郊游的诗意豪情。"彩笔昔曾干气象"更是深刻难忘的印象。

这八首诗是不可分割的整体，正如一首大型抒情乐曲有八个乐章一样。这首抒情曲以忧念国家兴衰的爱国思想为主题，以夔府的秋日萧瑟，诗人的暮年多病、身世飘零，特别是关切祖国安危的沉重心情作为主基调。其间穿插有轻快欢乐的抒情，如"佳人拾翠春相问，仙侣同舟晚更移"；有壮丽飞动、充满豪情的描绘，如对长安宫阙、昆明池水的追述；有慷慨悲愤的情绪，如"同学少年多不贱，五陵衣马自轻肥"；有极为沉郁低回的咏叹，如"关塞极天惟鸟道，江湖满地一渔翁""白头吟望苦低垂"等。就以表现诗人孤独和不安的情绪而言，其色调也不尽相同，"江间波浪兼天涌，塞上风云接地阴"，以豪迈、宏阔写哀愁；"信宿渔人还泛泛，清秋燕子故飞飞"，以清丽、宁静写"剪不断、理还乱"的不平心绪。总之，八首中的每一首都以自己独特的表现手法，从不同的角度表现主基调的思想情绪，它们又互相支撑，构成了整体。这样不仅使整个抒情曲错综、丰富，而且抑扬顿挫、有开有阖，突出地表现了主题。

《秋兴八首》中，杜甫除采用强烈的对比手法外，还反复运用循环往复的抒情方式。组诗的纲目是由夔州望长安——"每依北斗望京华"。组诗的枢纽是"瞿塘峡口曲江头，万里风烟接素秋"。从瞿塘峡口到曲江头，相去遥远，诗中以"接"字，把客蜀望京，抚今追昔，忧邦国安危……种种复杂感情交织成一个深厚壮阔的艺术境界。第一首从眼前丛菊的开放联系到"故园"，追忆"故园"的沉思又被白帝城黄昏的四处砧声所打断。这中间有从夔州到长安，又从长安回到夔州的往复。第二首，由夔州孤城按着北斗星的方位遥望长安，听峡中猿啼，想到"画省香炉"，这是两次往复。联翩的回忆又被夔州古城的悲笳所唤醒，这是第三次往复。第三首虽然主要在抒发郁悒不平之情，但诗中有"五陵衣马自轻肥"，仍然有夔州到长安的往复。第四、五首，一写长安十数年来的动乱，一写长安宫阙之盛况，都是先从对长安的回忆开始，在最后两句回到夔州。第六首，从瞿塘峡口到曲江头，从目前的万里风烟想到过去的歌舞繁华。第七首，怀想昆明池水、汉武帝的旌旗，回到目前"关塞极天惟鸟道"的冷落。第八首，从长安到渼陂，途中要经过昆吾和御宿的回想回到"白头吟望"的现实，这都是往复。循环往复是《秋兴八首》的基本表现方式，也是它的特色。不论从夔州写到长安，还是从追忆长安而归结到夔州，都从不同的角度，层层加深，不仅毫无重复之感，还起了加深感情，增强艺术感染力的作用，真可以说是"毫发无遗憾，波澜独老成"（杜甫《敬赠郑谏议十韵》）了。

　　情景的和谐统一是抒情诗里一个异常重要的方面。《秋兴八首》可以说是一个极好的范例。如"江间波浪兼天涌，塞上风云接地阴"，波浪汹涌，仿佛天也翻动；巫山巫峡，萧瑟阴森，似与地下阴气相接。前一句由下及上，后一句由上接下。波浪滔天，风云匝地，秋天萧森之气充塞于巫山巫峡之中。我们可以感到这两句形象有力，内容丰富，意境开阔。诗人不是简单地再现他的眼见耳闻，也不是简单地描摹江流湍急、关隘风云、三峡秋深的外貌特征，诗人捕捉到它们内在的精神，而赋予江水、风云某种性格。这就是天上地下、江间关塞，到处是惊风骇浪，动荡不安，萧条阴晦，不见天日。这就形象地表现了诗人的极度不安、翻腾起伏的忧思和胸中的郁勃不平，也象征了国家局势的变易无常和不平的前途。两句诗把峡谷的深秋，诗人的身世以及国家丧乱都包括在里面。这样既掌握了景物的特点，又把自己人生经验中最深刻的感情融会进去，用最生动、最有概括力的语言表现出来，这样景物就有了生命，而诗人想表现的感情也就有所附丽。情因景而显，景因情而深。语简而意繁，心情苦闷而意境开阔。"赋诗必此诗，定知非诗人"（苏东坡《书鄢陵王主簿所画折枝二首》），确实是有见识、有经验之谈。

　　杜甫住在成都时，在《江村》里说"自去自来堂上燕"，从栖居草堂的燕子的自去自来，描写了诗人所在的江村长夏环境的幽静，表达了诗人漂泊后，初获暂时安定生活时自在舒展的心情。在《秋兴八首》第三首里，同样是飞燕，诗人却说"清秋燕子故飞飞"。诗人日日江楼独坐，百无聊赖中看着燕子的上下翩翩，燕之辞归，好像故意奚落诗人的不能归，所以说它故意飞来绕去。一个"故"字，表现出诗人心烦意乱下的着恼之情。又如"瞿塘峡口曲江头，万里风烟接素秋"，瞿塘峡在夔州东，临近诗人所在之地，曲江在长安东

南，是所思之地。黄生《杜诗说》："二句分明在此地思彼地耳，却只写景。杜诗至化处，景即情也。"不失为精到之语。至如"花萼夹城通御气，芙蓉小苑入边愁"的意在言外；"鱼龙寂寞秋江冷"的写秋景兼自喻；"请看石上藤萝月，已映洲前芦荻花"看似纯是写景，情也在其中。这种情景交融的例子，八首中处处皆是。

前面所说的情景交融是指情景一致，有力地揭示诗人丰富复杂的内心世界所产生的艺术效果。此外，杜甫善于运用壮丽、华美的字和词表现深沉的忧伤。《秋兴八首》里，把长安昔日的繁华昌盛描绘得那么充满豪情，诗人早年的欢愉说起来那么快慰、兴奋。对长安的一些描写，不仅与回忆中的心情相适应，也与诗人现实的苍凉感情成为统一不可分割、互相衬托的整体。这更有助于读者体会到诗人在国家残破、个人暮年漂泊时极大的忧伤和抑郁。诗人愈是以满腔热情歌唱往昔，愈使人感受到诗人虽老衰而忧国之情弥深。

《秋兴八首》中，交织着深秋的冷落荒凉、心情的寂寞凄楚和国家的衰败残破。按通常的写法，总要多用一些清、凄、残、苦等字眼。然而杜甫在这组诗里，反而更多地使用了绚烂、华丽的字和词来写秋天的哀愁。乍看起来似和诗的意境截然不同，但它们在诗人巧妙的组合下，却更有力地烘托出深秋景物的萧条和心情的苍凉，如"蓬莱宫阙""瑶池""紫气""云移雉尾""日绕龙鳞""珠帘绣柱""锦缆牙樯""武帝旌旗""织女机丝""佳人拾翠""仙侣同舟"等都能引起美丽的联想，透过字句，泛出绚丽的光彩。可是在杜甫的笔下，这些词被用来衬托荒凉和寂寞，用字之勇，出于常情之外，而意境之深，又使人感到无处不在常情之中。这种不协调的协调，不统一的统一，不但丝毫无损于形象和意境的完整，而且往往比用协调的字句来写，能产生更强烈的艺术效果。正如用"笑"写悲远比用"泪"写悲要困难得多，可是如果写得好，就能把思想感情表现得更为深刻有力。刘勰在《文心雕龙》的《丽辞》篇中讲到"对偶"时，曾指出"反对"较"正对"为优。其优越正在于"理殊趣合"，取得相反相成、加深意趣、丰富内容的积极作用。运用豪华的字句、场面表现哀愁、苦闷，同样是"理殊趣合"，也可以说是情景在更高的基础上的交融。其间的和谐也是在更深刻、更复杂的矛盾情绪下的统一。

有人以为，杜甫入蜀后，诗歌不再有前期那样大气磅礴、浓烈炽人的感情。其实，只是生活处境不同，诗人的思想感情变得更复杂、更深沉了。而在艺术表现方面，比起前期有了进一步的提高或丰富，《秋兴八首》就是明证。

断续迷离中的一唱三叹

远别离

李白（唐）

远别离，古有皇英之二女，

乃在洞庭之南，潇湘之浦。

海水直下万里深，谁人不言此离苦？

日惨惨兮云冥冥，猩猩啼烟兮鬼啸雨。

我纵言之将何补？

皇穹窃恐不照余之忠诚，雷凭凭兮欲吼怒。

尧舜当之亦禅禹。

君失臣兮龙为鱼，权归臣兮鼠变虎。

或云：尧幽囚，舜野死。

九疑联绵皆相似，重瞳孤坟竟何是？

帝子泣兮绿云间，随风波兮去无还。

恸哭兮远望，见苍梧之深山。

苍梧山崩湘水绝，竹上之泪乃可灭。

■ 作品鉴赏

　　"远别离，古有皇英之二女，乃在洞庭之南，潇湘之浦。海水直下万里深，谁人不言此离苦？"一提到这些诗句，人们心里都会被唤起一种凄迷的感受。那流不尽的清清的潇湘之水，那浩森的洞庭，那似乎经常出没在潇湘云水间的两位帝子，那被她们的眼泪所染成的斑竹，都会一一浮现在脑海里。所以，诗人在点出潇湘二妃之后发问："谁人不言此离苦？"就立即能获得读者强烈的感情共鸣。

　　接着，承接上文渲染潇湘一带的景物：太阳惨淡无光，云天晦暗，猩猩

在烟雨中啼叫，鬼魅在呼唤着风雨。但接以"我纵言之将何补"一句，却又让人感到不是单纯写景了。阴云蔽日，那"日惨惨兮云冥冥"，就像是说皇帝昏聩、政局阴暗。"猩猩啼烟兮鬼啸雨"正像大风暴到来之前的群魔乱舞。而对于这一切，一个连一官半职都没有的诗人，即使说了也于事无补，没有谁能听得进去。既然"日惨惨""云冥冥"，那么朝廷就不能区分忠奸。所以诗人接着写道：我觉得皇天恐怕不能照察我的忠心，相反，雷声殷殷，又响又密，好像正在对我发怒呢。这雷声是指朝廷上某些有权势的人的威吓，但与上面"日惨惨兮云冥冥，猩猩啼烟兮鬼啸雨"相呼应，又像是仍然在写潇湘、洞庭一带风雨到来前的景象，使人不觉其确指现实。

"尧舜当之亦禅禹。君失臣兮龙为鱼，权归臣兮鼠变虎。"这段议论性很强，很像在追述造成别离的原因：奸邪当道，国运堪忧。君主用臣如果失当，大权旁落，就会像龙化为可怜的鱼类那般，而把权力窃取到手的野心家，则会从像鼠一样变成吃人的猛虎。当此之际，就是尧亦得禅舜，舜亦得禅禹。诗人说：不要以为我的话是危言耸听、亵渎人们心目中神圣的上古三代，证之典籍，确有尧被秘密囚禁，舜野死蛮荒之说啊。《史记·五帝本纪》正义引《竹书纪年》载："尧年老德衰为舜所囚。"《国语·鲁语》："舜勤民事而野死。"娥皇、女英二位帝子，在绿云般的丛竹间哭泣，哭声随风波远逝，去而无应。"见苍梧之深山"，着一"深"字，令人可以想象群山迷茫，即使二位帝子远望也不知其所，这就把悲剧更加深了一步。"苍梧山崩湘水绝，竹上之泪乃可灭"，斑竹上的泪痕，乃二位帝子所洒，苍梧山应该是不会有崩倒之日，湘水也不会有涸绝之时，二位帝子的眼泪自然没有止期。

诗所写的是二位帝子的别离，但"我纵言之将何补"一类话，分明显出诗人是对现实政治有所感而发的。所谓"君失臣""权归臣"是天宝后期政治危机中突出的标志，并且是李白当时心中最为忧念的一端。元代萧士赟认为玄宗晚年贪图享乐，荒废朝政，把政事交给李林甫、杨国忠，边防交给安禄山、哥舒翰，"太白熟观时事，欲言则惧祸及己，不得已而形之诗，聊以致其爱君忧国之志。所谓皇英之事，特借指耳"，这种说法是可信的。李白之所以要危言尧舜之事，意思大概是要强调人君如果失权，即使是圣哲也难保社稷妻子。后来在马嵬事变中，玄宗和杨贵妃演出的一场远别离的惨剧，可以说是正好被李白言中了。

诗写得迷离惝恍，但又不乏要把迷阵挑开一点缝隙的笔墨。"我纵言之将何补？皇穹窃恐不照余之忠诚，雷凭凭兮欲吼怒。"这些话很像他在《梁甫吟》中所说的"我欲攀龙见明主，雷公砰訇震天鼓。""白日不照吾精诚，杞国无事忧天倾。"不过，《梁甫吟》是直说，而《远别离》中的这几句隐隐呈现在重重迷雾之中，一方面起着点醒读者的作用，一方面又是在述及造成远别离的原因时自然地带出的。诗仍以叙述二位帝子别离之苦开始，以二位帝子恸哭远望终结，让悲剧故事笼括全篇，保持了艺术上的完整性。

诗人是明明有许多话急于要讲的，但他知道即使是把喉咙喊破了，也绝不会使唐玄宗醒悟，真是"言之何补"。况且诗人自己也心绪如麻，不想说，但又不忍不说。因此，写诗的时候不免若断若续、似吞似吐。范梈说："此篇最有楚人风。所贵乎楚言者，断如复断，乱如复乱，而辞意反复行于其间者，实未尝断而乱也；使人一唱三叹，而有遗音。"（据瞿蜕园、朱金城《李白集校注》转引）诗人把他的情绪采用楚歌和骚体的手法表现出来，使得断和续、吞和吐、隐和显，以及销魂般的凄迷和预言式的清醒紧紧地结合在一起，构成深邃的意境，产生强大的艺术魅力。

113

激切严厉中的振臂呐喊

杜陵叟

白居易（唐）

杜陵叟，杜陵居，岁种薄田一顷余。

三月无雨旱风起，麦苗不秀多黄死。

九月降霜秋早寒，禾穗未熟皆青干。

长吏明知不申破，急敛暴征求考课。

典桑卖地纳官租，明年衣食将何如？

剥我身上帛，夺我口中粟。

虐人害物即豺狼，何必钩爪锯牙食人肉？

不知何人奏皇帝，帝心恻隐知人弊。

白麻纸上书德音，京畿尽放今年税。

昨日里胥方到门，手持尺牒榜乡村。

十家租税九家毕，虚受吾君蠲免恩。

作品鉴赏

此诗属于《新乐府五十首》。"杜陵叟，杜陵居，岁种薄田一顷余。"白居易这首新乐府诗的主角是一位家住在长安市郊的土生土长的农民，他世世代代以种地为业，守着一顷多的薄田，过着衣食不继的日子。中国文人的诗歌中，少不了风花雪月，也有的是闲情雅致，但是能有意识地既以农民作为作品的主人公，还能真正地站在劳苦大众的立场上，为他们鸣冤叫屈、打抱不平的作品还是不多见的。在这一点上，白居易可以说是做得非常突出的一位了。他之所以能够在诗歌中大声疾呼为民请命，并不是想在题材上猎奇出新，而是源于他对朝廷政治前景和国计民生的高度责任感和使命感。诗人一再把视角投向生活在最底层的群众，他们的生活过得十分悲惨，而且向来是无人过问的。其实，这位不知姓甚名谁的"杜陵叟"处在水深火热的困境中已无处安生。

"三月无雨旱风起，麦苗不秀多黄死。九月降霜秋早寒，禾穗未熟皆青干。"三月无雨，并不是指的农历三月整整一个月不下雨，而是说从元和三年（公元808年）冬天到第二年春天连续三个月没有下雪和下雨。据史料记载，这一年直到闰三月才下了一场像样的雨，为此，白居易还专门写了一首《贺雨》，表达他当时喜悦的心情。在靠天吃饭的日子里，长安市郊的"杜陵叟"去年秋天辛辛苦苦播下的冬小麦，从下种到返青都没有受到一滴雨水的滋润，结果还没有到秀穗的时候大多已经干黄枯死了。夏粮既然没有收成，只有指望秋粮了，可是农民们万万没有想到，秋天九月一场早来的霜降，使得他们可怜的愿望又一次成了泡影，地里的秋庄稼还没有成熟就都被冻死而干枯了。两季粮食几乎颗粒无收，这就是白居易《新乐府五十首》序中所交代的"农夫之困"，也是"天灾之困"。

"长吏明知不申破，急敛暴征求考课。"原来这位地方官大人明知手下的"农夫"受了天灾，却不向上方报告灾情，而是愈发加紧横征暴敛，强行收取租税。他要造成一个"大灾之年不减税收"的政绩，以取悦上方，给朝廷留下一个称职的印象，为他以后的加官晋爵打下基础。

"典桑卖地纳官租，明年衣食将何如？"这两句诗是说，"杜陵叟"在大荒之年，遇上这样不顾百姓死活的"长吏"，叫天天不应，喊地地不理，只好忍痛把家中仅有的几棵桑树典当出去，可是仍然不够缴纳"官租"，迫不得已，再把赖以为生的土地卖了来纳税完粮。可是桑树典了，"薄田"卖了，到时候连"男耕女织"的本钱都没有了，第二年的生计也没有办法了。这种来自"长吏"的"人祸"，让"农夫之困"愈发雪上加霜。

看到"杜陵叟"面对的"人祸之困"比"天灾之困"更加无情、更加残酷时，白居易的心情再也无法平静了。本来从诗歌的一开始，他是以第三人称的面目出现的，可是写到这里，他义愤填膺，转而以第一人称的身份出场控诉起来："剥我身上帛，夺我口中粟。"意思是："典了桑树，卖了薄田，织不了布，种不上地，到时候没吃没穿，我们怎么生活啊？"这种由第三人称到第一人称的转换，实际上是诗人内心感情的真实流露，他已经全然忘记了他是朝中士大夫的尊贵身份，而自觉地站在了无依无靠的"杜陵叟"一边，这对于一个封建社会的文人来说，是非常难能可贵的。在著名的汉乐府《陌上桑》中有这样的诗句："日出东南隅，照我秦氏楼。秦氏有好女，自名为罗敷。"那

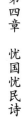

也是站在诗中主人公同一立场的第一人称的口吻，不过，因为那首诗本来就是乐府民歌，所以不足为奇，它所表达的是劳动人民对他们这个阶级的优秀女子的由衷自豪与热爱。可白居易并不是穷苦百姓中的一员，而是一位名副其实的士大夫，所以，对于封建社会的官僚阶层的绝大多数成员来说，这种感情角色的自然换位是根本不可想象的，而白居易这种古道热肠、侠肝义胆完全是"诗圣"杜甫"民胞物予"精神的直接继承，而且这也是他能在后来接过杜甫现实主义诗歌的优良传统，发起新乐府运动的重要主观因素。

"虐人害物即豺狼，何必钩爪锯牙食人肉？"这是白居易站在"杜陵叟"的立场上，对那些统治阶级中，只管个人升官而不顾百姓死活的贪官污吏面对面的严厉痛斥，情急之中，竟把他们比喻成了"钩爪锯牙食人肉"的"豺狼"，而且采用了语气极为强烈的反问句式，激愤之情跃然纸上。作为一个衣食无忧的政府官吏，能够对"农夫之困"如此感同身受，能够如此直接激烈地为人民鸣不平，在当时实在是不多见的。

诗歌的前半部分，诗人的内心是很沉痛的。而在诗歌后半部分的一开始，苦不堪言的"农夫"的命运似乎出现了一丝转机，"不知何人奏皇帝，帝心恻隐知人弊。白麻纸上放德音，京畿尽放今年税。"白麻纸，古时诏书用白纸颁布，到了唐高宗上元年间（公元674–676年），因为白纸容易被虫蛀蚀，所以一律改用麻纸。白居易在诗里只说了"不知何人"，其实这位关心民生疾苦、视民如子的"何人"，根据史料记载正是白居易本人，是他上书唐宪宗，痛陈灾情之重，才使深居九重的皇帝动了恻隐之心，大笔一挥，居然免去了京城灾区当年的赋税。

但是最终这一切变成了一场闹剧——"昨日里胥方到门，手持尺牒榜乡村。"皇帝的免税诏书才刚刚由那班"里胥"们神气活现地公布到家家户户，可这一切已经无济于事了，因为"十家租税九家毕，虚受吾君蠲免恩"。一直要到绝大多数人家都"典桑卖地"，纳完租税之后，才将已经成为"一纸空文"的"尺牒"在乡村中张贴公布，这已经没有意义了。"里胥"们原本是没有那么大的胆量，敢于欺上瞒下到如此地步的，其实是朝廷上下沆瀣一气、朋比为奸。白居易对此心知肚明，吃苦的还是那些无依无靠的贫苦百姓。他们一苦天灾，二苦黑官，这正是"苛政猛于虎"。

这首诗体现了诗人视民如子的情怀，揭露了封建社会的黑暗与腐败。诗人在《轻肥》诗中曾一针见血地控诉"是岁江南旱，衢州人食人"，在这首

《杜陵叟》中，他更写到"虐人害物即豺狼，何必钩爪锯牙食人肉？"白居易在义愤填膺地写下上述的控诉时，并没有意识到，他实际上已经触及了封建社会那人吃人的凶残野蛮的社会本质。事实上，每当灾荒严重之际，由皇帝下诏蠲免租税，而地方官照样加紧盘剥勒索，不过是封建社会经常上演的双簧戏而已。南宋诗人范成大就有一首《后催租行》中提道："黄纸放尽白纸催""卖衣得钱都纳却"，说的也是一回事（在宋代，皇帝的诏书用黄纸写，而地方官的公文用白纸写）。在封建社会中，能够对这种免的白免、催的照催的吃人双簧戏进行最早、最有力的批判的正是唐代新乐府运动的旗手——白居易。

第四章　忧国忧民诗　善诉疾苦　尽情尽善

朴实阔远中的悲天悯人

穆陵关北逢人归渔阳

刘长卿（唐）

逢君穆陵路，匹马向桑乾。

楚国苍山古，幽州白日寒。

城池百战后，耆旧几家残。

处处蓬蒿遍，归人掩泪看。

作品鉴赏

穆陵关在今湖北麻城北面，渔阳郡治在今天津市蓟州区。唐代宗大历五、六年间（公元770-771年），刘长卿曾任转运使判官和淮西、鄂越转运留后等职，活动于湖南、湖北，诗当作于此时。

当时安史之乱虽然已经平定，但朝政腐败，国力衰弱，藩镇割据，军阀嚣张，人民惨遭重重盘剥，特别是安史叛军盘踞多年的北方各地，更是满目疮痍，一片凋敝的景象。刘长卿对此十分了解，深为忧虑。因此当他在穆陵关北，陌路遇到一位急切北返渔阳的行客时，不禁悲慨万分地把满腹忧虑告诉了这位归乡客，忠厚坦诚，语极沉郁。

"逢君穆陵路，匹马向桑乾。"首联两句是说，与你相逢在穆陵关的路上，你只身匹马就要返回桑乾。

首联写相逢的地点和行客去向。"桑乾"即今永定河，源出山西，流经河北，此指行客家在渔阳。关隘相逢，彼此都是过客，初不相识。诗人见归乡客单身匹马北去，便料想他流落江南已久，急切盼望早日回家和亲人团聚。然而等待着他的又将是什么呢？

"楚国苍山古，幽州白日寒。"颔联是说，楚国的青山依然苍翠古老，幽州气候寒冷。

次联借山水时令，含蓄深沉地勾勒出南北形势，暗示他此行的前景，既为国家忧伤，又替行客担心。"楚国"即指穆陵关所在地区，并以概指江南。"幽州"即渔阳，也以概指北方。"苍山古"是眼前景，"白日寒"是遥想，两两相对，寄慨深长。其具体含义，历来理解不一：或说"苍山古"指青山依旧，而人事全非，则江南形势也不堪设想；或说"苍山古"指江南总算青山依旧，形势还好，有劝他留下不归的意味。二说皆可通。"幽州白日寒"，不仅说北方气候寒冷，更暗示北方人民的悲惨处境。这两句，诗人运用比兴手法，含蕴丰富，令人意会不尽。

"城池百战后，耆旧几家残。"颈联是说，城里经历上百次战乱之后，还有几家老人在世上保全。

"处处蓬蒿遍，归人掩泪看。"尾联是说，到处是残垣断壁蓬蒿遍野，你定会流着眼泪边走边看。

诗的颈联、尾联，诗人又用赋笔作直接描写。经过长期战乱，城郭池隍遭破坏，土著大族凋残，到处是废墟，长满荒草，使回乡的人悲伤流泪，不忍目睹。显然，这两联的描述充实了次联的兴寄，以预戒北归行客，更令人深思。

此诗以诗人向北归的渔阳行客告知北方事情，集中反映了安史之乱给国家和人民带来的惨痛影响，寄寓着诗人忧国忧民的深重感慨。全诗语言朴实，情感沉郁。尤其是第二联"楚国苍山古，幽州白日寒"，文字精练，形象鲜明，空间阔远，诗意深邃，概括性强，而且承上启下，是全篇的关键和警策。它令人不语而悲，不寒而栗，印象深刻，感慨万端。也许正由于此，它才成为千古流传的名句。

第五章

边塞爱国诗 善描边塞 和善一家

唐朝的边塞诗是当时民族关系的一面镜子，它不仅反映了民族之间的矛盾和战争，也反映了民族之间的和善友好。

唐代开明的民族政策，民族融合的事实，经济文化交流的需要，各族人民要求友好相处的愿望，对诗人创作产生了重大影响。他们并不把武力看成是处理民族问题的唯一手段，而是提出了文治、文德的主张，这无论是从当时民族关系的发展，还是从边塞诗主题的发展来看都有一种进步意义。

唐太宗《幸武功庆善宫》中的"指麾八荒定，怀柔万国夷"，指出统一天下不仅依靠武功，还需要安抚手段。张说在《奉和圣制送王晙巡边应制》中也说："策有和戎利，威传破虏名"。一直到开元年间，裴漼还在《奉和御制平胡》中提出"将军行逐虏，使者亦和戎"，认为"非用武为雄"，标榜"文德在唐风"。一些诗人立足于民族友好的高度，还提出了弥兵的主张。杜甫呼唤着："安得壮士挽天河，净洗甲兵长不用。"（《洗兵马》（收兵后作））李白忠告："乃知兵者是凶器，圣人不得已而用之。"（《战城南》）如何舞干戚，一使有苗平。"（《古风》其三十四）他认为应行文德与少数民族友好共处。常建《塞下曲四首·其一》中的："玉帛朝回望帝乡，乌孙归去不称王。天涯静处无征战，兵气销为日月光。"讴歌了民族之间化干戈为玉帛的和平友好愿望。

一些诗人亲窥塞垣，不仅了解边塞战争，同时也了解少数民族。崔颢在《雁门胡人歌》中这样描写已经汉化的少数民族："解放胡鹰逐塞鸟，能将代马猎秋田。""闻道辽西无斗战，时时醉向酒家眠。"同汉族人民一样，少数民族的人们向往着和平宁静的生活。可见他一窥塞垣，并不只是"说尽戎旅"。殷璠的《河岳英灵集》、高适的《营州歌》都赞美了少数民族善骑尚武的精神风貌。岑参两度出塞，对边塞较为熟悉，因为边塞并非天天打仗，各族人民还是要求友好的，战争之余，他也接触了少数民族。《热海行送崔侍御还京》的"侧闻阴山胡儿语"写他听取少数民族人民的谈话；《戏问花门酒家翁》一诗写他与老人幽默诙谐的交谈，反映了双方的融洽关系；《敦煌太守后庭歌》写汉族官吏给少数民族带来中原文化，引泉开荒，太守任职期满，人民恋恋不舍，"愿留太守更五年"是一幅民族友好和善的图画。雍陶《塞路初晴》中的"胡人羊马休南牧，汉将旌旗在北门。行子喜闻无战伐，闲看游骑猎秋原"，反映了和平宁静的边塞，表现了民族友好相处的善良愿望。

张乔《书边事》从历史上的和亲写到眼前"大漠无兵阻，穷边有客游"

的现实，唱出"蕃情似此水，长愿向南流"的心声，表示希望民族友好情谊能像滔滔大河一样长流不息。他在《再书边事》中写"潘河流入汉家清"，再一次表达了这种愿望。民族友好和民族亲善往往使一些诗人站在天下一家的高度反映民族关系。"六合已一家，四夷且孤军"（杜甫《后出塞五首》其三）和"无战是天心，天心同覆载"（王维《奉和圣制送不蒙都护兼鸿胪卿归安西应制》）都说明天下一家，应止干戈。中唐李益有"当今圣天子，不战四夷平"（《登长城》）和"万里关山今不闭，汉家频许郏支和"（《临滹沱见蕃使列名》），说明他对民族和睦也是非常赞同的。

民族之间的战争，无论哪一方发动，都会给人民带来痛苦。各族人民是反对战争的，频繁而残酷的战争往往使一些诗人突破大汉族主义立场，流露出对少数民族的深切同情。"胡雁哀鸣夜夜飞，胡儿眼泪双双落"（李颀《古从军行》）这情景不是打动了诗人的心吗？"辽东小妇年十五，惯弹琵琶解歌舞。今为羌笛出塞声，使我三军泪如雨"（李颀《古意》）则说明在战争中唐朝官兵的复杂的思想感情，反映了他们反对战争、要求民族和好的愿望。

安史之乱以后，河西陇右尽入吐蕃，汉族和少数民族备受欺凌，一些少数民族的百姓背井离乡，流浪谋生。一些诗人对他们的遭遇深表同情。李端《胡腾儿》写流落异乡的胡腾儿以歌舞谋生，在他用"本音语"诉说自己不幸后，又用"安西旧牧收泪看，洛阳词人抄曲与"表现了民族之间的友好感情。"胡腾儿，胡腾儿，故乡路断知不知？"表现了诗人对胡腾儿离失故乡的深切同情。吕温出使吐蕃，写《蕃中答退浑词二首》，题下注曰"退浑种落尽在，而为吐蕃所鞭挞，有译者诉情于予，故以此二诗答之。"，为吐谷浑人民所受灾难极为担忧。李益在《登夏州城观送行人赋得六州胡儿歌》中写"胡儿起作和蕃歌，齐唱呜呜尽垂手。心知旧国西州远，西向胡天望乡久。回头忽作异方声，一声回尽征人首。"通过描写少数民族的遭遇，寄寓诗人的同情，表达了希望民族和好的憧憬。

松赞干布统一吐蕃后非常重视吸收唐朝的先进文化。一方面，唐朝与吐蕃友好往来增多，和亲促进了文化交流；另一方面，为争夺安西四镇和河西陇右，唐朝与吐蕃又战争不断。

天宝年间，唐朝的边疆紧张局势达到高潮，唐太宗时期的"忧劳兆庶，无隔夷夏"（唐太宗《令侯君集等经略吐谷浑诏》）变为玄宗时期的穷兵黩武，一些边将通过边功进爵加赏，破坏了民族之间的友好团结。而吐蕃贵族统

第五章　边塞爱国诗　善描边塞　和善一家

治者为了扩张和掠夺，也日益加强边备。安史之乱后，唐蕃关系恶化，唐太宗时期建立的舅甥关系告一段落。唐代诗人在诗中一方面表示了对河湟遗民的关注以及要求收复失地的愿望，同时也对唐蕃之间大动干戈表示忧虑和遗憾。罗邺《河湟》写"河湟何计绝烽烟，免教征人更戍边。尽放农桑无一事，遣教知有太平年"，表达了诗人反对战争，希望民族之间友好共处的愿望。黄滔《塞上》写"欲吊昭君倍惆怅，汉家甥舅竟相违"，对民族之间玉帛变为干戈深表担忧，其中也含有热切的希望。吕温在吐蕃通过赞美白水山，盼望民族和好，他以"明时无外户，胜境即中华。况今舅甥国，谁道隔流沙"（《吐蕃别馆和周十一郎中杨七录事望白水山作》），来表达他对民族之间失却友好的忧虑之情。

未出塞的诗人对边塞战争和民族关系始终是关注的，杜甫就是其中的代表。他主张，只要保卫边疆不受侵略便不应过多杀人，赞成民族和平共处。站在民族团结的高度，他不仅反对唐朝大肆开边，也对少数民族背弃盟约加以指责。

《西山三首》其一说"西戎背和好，杀气日相缠"，他认为战争的责任主要在吐蕃一边。《近闻》诗下注曰："永泰元年，郭子仪与回纥约共击吐蕃，次年二月，吐蕃来朝，诗记其事。"他对吐蕃退去，边塞呈现"渭水逶迤白日净，陇山萧瑟秋云高"的宁静和平景象表示欣慰，"似闻赞普更求亲，舅甥和好应难弃"，对唐与吐蕃早已形成的亲善关系重新开始表示欢迎。《喜闻盗贼蕃寇总退口号五首》其二写"赞普多教使入秦，数通和好止烟尘。朝廷忽用哥舒将，杀伐虚悲公主亲。"诗下注曰："此追言开元末金城公主卒，后竟失和亲，及天宝间，哥舒翰攻拔石堡城之事。"写唐蕃互通友好，边塞宁静，民族和睦，但唐玄宗穷兵黩武，于天宝八年命令哥舒翰攻石堡城，城下，唐损兵数万，边塞的烽烟战火使昔日公主和亲建立的舅甥关系成为可悲之事。

朝廷的开边政策，鼓舞了一些武将轻启战争以邀功，这不仅给双方人民带来了灾难，也破坏了民族友好关系。安禄山用计捉住契丹首领，大肆杀戮，最终在进攻契丹时遭惨败。高仙芝偷袭石国，丧失民心，以大败而终。张虔陀侮辱南诏，南诏被迫反抗，唐军两次败北。破坏民族关系，最终将自食其果，也应受到各族人民的谴责。一些诗人对此洞察深邃，如陈子昂《感遇》之二十九"圣人御宇宙，闻道泰阶平。肉食谋何失，藜藿缅纵横"，批评朝中大臣所献攻占羌族地区以开辟进攻吐蕃通道等劳民伤财的计策的错误，主张民族和睦，反对滥用武力解决民族纠纷。

杜甫的《兵车行》和白居易的《新丰折臂翁》都是对破坏民族友好的战争的揭露。当时也有人看出边将动机，如皇甫惟明就曾指出武将轻启边衅是为邀功，劝阻玄宗不要动用武力，力谏与吐蕃讲和，恢复友好，这便是顺应了民族关系发展的历史潮流。崔希逸任河西节度使时也主张和好，劝吐蕃退去边兵，发展耕牧，使双方人民均能安居乐业。但使人孙诲谎报边情，宦官赵惠宗矫令崔希逸进攻吐蕃。崔希逸迫于无奈，乘对方不备进攻，吐蕃大败。后崔希逸自愧失信，得病而死。所以，王维《使至塞上》写唐军胜利情景和诗人喜悦心情，其实是不明真相，因为这是一场背信弃义的非正义战争。

唐朝曾派大量使者出使少数民族，在和平时期，他们作为友好的象征联系着民族感情，在民族关系紧张时，他们又起了缓和矛盾的作用，体现了唐朝的文德之风。

唐初杜审言在《送和西蕃使》中说"圣朝尚边策，诏谕兵革偃"，以和戎方式达到不动干戈之目的。张说在《送郭大夫元振再使吐蕃》中也把郭元振出使吐蕃看成非同一般，是"立功在异域"。权德舆《送张曹长工部大夫奉使西蕃》的"吊祠将渥命，导驿畅皇风。故地山河在，新恩玉帛通"和杨巨源的《送殷员外使北蕃》"和气生中国，薰风属外家"都表达了和好的诚意。一些诗人还提出要以中原礼仪使少数民族受到感化，而不用武力征服。朱庆余的《送李侍御入蕃》说"戎装非好武"，顾非熊的《送于中丞入回鹘》说"去展中华礼，将安外国情"，这无疑是太宗时期"文德怀远，列圣之宏规"政策的继承。"新恩明主启，旧好使臣修"（耿𬭎《奉送崔侍御和蕃》），因此使者在发展民族友好关系上的贡献是应该肯定的。

中国古代边塞诗源远流长，先秦时期，《诗经》中就有反映民族矛盾和战争的诗歌，其后，经秦汉魏晋时期的推波助澜，到南北朝时大加发扬。但有一点必须注意，唐以前数百首边塞诗的主题大多是反映民族矛盾和战争的。事实上，历史上的民族关系并非如此单一。这当然和秦汉以后民族矛盾尖锐和封建王朝需要强化民族意识有关。但边塞诗的这一传统却深深地影响了唐代诗人，这从那些反映边塞战争的诗中呈现出来的历史精神可以看出。于是，出塞者的呐喊和未出塞者的鼓吹绘成了一幅众心思边、慷慨赴疆的画卷。

但是民族大融合和民族文化交流的深入发展，对诗人的传统思想以及边塞诗主题都进行了冲击。尤其是民族之间文化渗透与融合已成为维系各族人民情感的纽带，尽管民族战争时有发生，但仍然没能斩断这条纽带。这就是反映民族友好的诗歌只能在唐代出现的原因。当然，唐代诗人不能超越历史，但是他们站在时代的高度，对民族关系的发展给予深切的关注，第一次大规模地突破了传统边塞诗主题的束缚，用全新的目光和广阔的胸怀从多方面反映了民族关系新的发展变化，对后代边塞诗产生了重大影响。自唐朝以后，民族友好主题在元、明、清不断得到加深。尤其是清代，甚至出现了反映各族人民共同开发建设边疆，为维护祖国统一、平息叛乱、抗击外敌的边塞诗篇。

字字传神的离愁乡思

白雪歌送武判官归京

岑参（唐）

北风卷地白草折，胡天八月即飞雪。

忽如一夜春风来，千树万树梨花开。

散入珠帘湿罗幕，狐裘不暖锦衾薄。

将军角弓不得控，都护铁衣冷难着。

瀚海阑干百丈冰，愁云惨淡万里凝。

中军置酒饮归客，胡琴琵琶与羌笛。

纷纷暮雪下辕门，风掣红旗冻不翻。

轮台东门送君去，去时雪满天山路。

山回路转不见君，雪上空留马行处。

■ 作品鉴赏

　　《白雪歌送武判官归京》是唐代诗人岑参的作品。此诗描写西域八月飞雪的壮丽景色，抒写塞外送别、雪中送客之情，表现离愁和乡思，却充满奇思异想，并不令人感到伤感。诗中所表现出的浪漫理想和壮逸情怀，使人觉得塞外风雪变成了可玩味欣赏的对象。全诗内涵丰富深刻，色彩瑰丽浪漫，气势浑然磅礴，意境鲜明独特，具有极强的艺术感染力，堪称盛世大唐边塞诗的压卷之作。其中，"忽如一夜春风来，千树万树梨花开"等诗句已成为千古传诵的名句。

　　全诗以一天雪景的变化为线索，记叙送别归京使臣的过程，文思开阔，结构缜密。全诗共分三个部分。

　　前八句为第一部分，描写诗人早晨起来看到的奇丽雪景和感受到的突如其来的奇寒。友人即将登上归京之途，挂在枝头的积雪，在诗人的眼中变

成一夜盛开的梨花，和美丽的春天一起到来。前面四句主要写景色的奇丽。"即""忽如"等词形象、准确地表现了早晨起来突然看到雪景时的神情。经过一夜，大地银装素裹，焕然一新。接着四句写雪后严寒。视线从帐外逐渐转入帐内。风停了，雪不大，因此飞雪仿佛在悠闲地飘散着，进入珠帘，打湿了军帐。诗人选取居住、睡眠、穿衣、拉弓等日常活动来表现寒冷。虽然天气寒冷，但将士却毫无怨言。虽"不得控"，但天气寒冷将士也会训练，还在拉弓练兵。表面写寒冷，实际是用"冷"来反衬将士内心的"热"，更表现出将士乐观的战斗情绪。

中间四句为第二部分，描绘了白天雪景的雄伟壮阔和饯别宴会的盛况。"瀚海阑干百丈冰，愁云惨淡万里凝"用浪漫夸张的手法，描绘雪中天地的整体形象，反衬下文的欢乐场面，体现将士们乐观激昂的积极情绪。"中军置酒饮归客，胡琴琵琶与羌笛"，虽笔墨不多，却表现了送别宴的热烈与隆重。在主帅的账中摆开筵席，倾其所有地搬来各种乐器，且歌且舞，开怀畅饮，这宴会一直持续到暮色来临。第一部分内在的热情，在这里迸发倾泻出来，达到了欢乐的顶点。

最后六句为第三部分，写傍晚送别友人踏上归途。"纷纷暮雪下辕门，风掣红旗冻不翻"，归客在暮色中迎着纷飞的大雪步出帐幕，冻结在空中的鲜艳旗帜，在白雪中显得更加绚丽。旗帜在寒风中毫不动摇、威武不屈的形象是将士的象征。这两句中的一动一静、一白一红，相互映衬，画面生动，色彩鲜明。"轮台东门送君去，去时雪满天山路"，雪越下越大，送行的人千叮万嘱，不肯回去。"山回路转不见君，雪上空留马行处"，用平淡质朴的语言表达了诗人对友人的真挚感情，字字传神，含蓄隽永。这一部分描写了对友人的惜别之情，也表现了边塞将士的豪迈精神。

这首诗，以奇丽多变的雪景，纵横矫健的笔力，开阖自如的结构，抑扬顿挫的韵律，准确、鲜明、生动地制造出奇中有丽、丽中有奇的美好意境，不仅写得声色相宜、张弛有致，而且刚柔相济、急缓相适，是一首不可多得的边塞佳作。全诗不断变换着白雪画面，化景为情，慷慨悲壮，浑然雄劲。抒发了诗人对友人的依依惜别之情和因友人返京而产生的惆怅之情。

虚实相间的希冀愁肠

凉州词三首

（节选两首）

张籍（唐）

其一

边城暮雨雁飞低，
芦笋初生渐欲齐。
无数铃声遥过碛，
应驮白练到安西。

其三

凤林关里水东流，
白草黄榆六十秋。
边将皆承主恩泽，
无人解道取凉州。

作品鉴赏

《凉州词》是乐府诗的名称，本为凉州一带的歌曲，唐代诗人多用此调作诗，描写西北边塞的风光和战事。

安史之乱以后，吐蕃族趁机大兴甲兵，东下牧马，占据了唐朝西北凉州（今甘肃省武威）等几十个州镇，从八世纪后期到九世纪中叶长达半个多世纪。诗人目睹这一现实，感慨万千，写了《凉州词三首》，从边城的荒凉、边塞的侵扰、边将的腐败三个方面，再现了边城惨淡的情景，表达了诗人对边事的深切忧患。

其一

第一首诗描写边城的荒凉萧瑟。前两句写俯仰所见的景象。"边城暮雨雁飞低",仰望边城上空,阴雨笼罩,一群大雁低低飞过。诗人为何不写边城晴朗的天空,却选择阴沉昏暗的雨景,因为此时诗人无心观赏边塞的风光,只是借景托情,以哀景暗示边城人民在胡兵侵扰下不得安宁的生活。为增强哀景的气氛,诗人又将这暮雨雁飞的景置于特定的时节里。边城的阴沉悲凉,若是霜秋寒冬,那是自然物候;而这时既不是霜秋,也不是寒冬,却是万物争荣的春天。"芦笋初生渐欲齐",俯视边城原野,芦苇吐芽,竹笋破土,竞相生长。这句已点明寒气消尽,在风和日暖的仲春时节,边城仍然暮雨连绵,凄凉冷清,很容易令人联想那年年岁岁的四季悲凉了。这两句写景极富特色。俯仰所见,在广阔的空间位置中展现了边城的阴沉;暮雨、芦苇、竹笋,上下映照,鲜明地衬托出美好时节里的悲凉景色,具有很强的艺术感染力。

后两句叙事。在这哀景之下,边城的悲事一定很多,而绝句又不可能作多层面的铺叙,诗人便抓住发生在"丝路"上最典型的事件:"无数铃声遥过碛,应驮白练到安西。"这句中的"碛(qì)",指沙漠;"安西",唐西北重镇,此时已被吐蕃占据。眺望边城原野,罕见人迹,只听见一串串的驼铃声消失在遥远的沙漠中,这"遥过"的铃声勾起诗人的遥思:往日繁荣的"丝路",在这温暖的春天里,运载丝绸的商队应当是络绎不绝的,路过西安,通向西域;如今安西被占,商路受阻,无数的丝绸不再运往西域交易,"应驮"非正驮,用来意味深长。诗人多么盼望收复边镇,恢复往日的繁荣啊!"应驮"这点睛之笔,正有力地表达了诗人这种强烈的愿望,从而点明了此诗的主题。

这首绝句,写景叙事,远近交错,虚实相生,带给读者的联想是丰富的。一、二两句实写目见的近景,以荒凉萧瑟的气氛有力地暗示出边城的骚乱不安、紧张恐怖,这是寓虚于实;三、四两句虚写耳闻的远景,从驼铃声的"遥过"写到应驮安西的"遥思",以虚出实,在"丝路"上,掠夺代替了贸易,萧条取代了繁荣,这虽是出于诗人的遥想,但已深深地渗透到读者想象的艺术空间。

其三

白居易在《西凉伎》中写道:"凉州陷来四十年,河陇侵将七千里。平时安西万里疆,今日边防在凤翔。缘边空屯十万卒,饱食温衣闲过日。遗民肠断在凉州，将卒相看无意收。"元稹的《西凉伎》也说："一朝燕贼乱中国，河湟没尽空遗丘。连城边将但高会，每说此曲能不羞。"一针见血地指出了凉州沦陷未收的原因是守边将领的腐败无能。张籍的这首诗正是表达这个思想主题，而诗的风格迥然有别。

"凤林关里水东流，白草黄榆六十秋。"这两句写景，点明边城被吐蕃占领的时间之久，以及景象的荒凉萧瑟。"凤林关"，在今甘肃临夏市西北。安史之乱前，唐朝同吐蕃的交界处在凤林关以西，随着边城四镇的失守，凤林关亦已沦陷。在吐蕃异族野蛮掠夺、横暴奴役下，凤林关内土地荒芜，无人耕种，岁岁年年只见寒水东流，百草丛生，黄榆遍地，一片萧条。这里，诗人既从空间广度用"白草黄榆"来写凤林关的荒凉，又从时间深度用具体数字"六十秋"来突出凤林关灾难的深重。"六十秋"不是夸张而是写实，从公元762年（唐代宗初年）四镇失陷，到诗人于公元824年写这首诗时，已是六十年还未收复。国土失陷如此之久，边民灾难如此之深，为什么没有收复？原因在哪里？由此诗人发出了深沉的感慨、愤激的谴责。

"边将皆承主恩泽，无人解道取凉州。"前句写边将责任的重大。"皆承主恩泽"说明了边将肩负着朝廷的重命、享受着国家的厚禄、担负着人民的重望，守卫边境、收复失地是他们的天职。然而六十年来失地仍在吐蕃的铁蹄下，这不是国政内虚、边力不足。后一句直指原因：守边的将领无人提起收复凉州。边将享受着国家优厚的待遇，却不去尽职守边、收复失地，可见其饱食终日、腐败无能。这两句一扬一抑，对比鲜明，有力地谴责了边将忘恩负义和长期失职，实在令人可憎可恨、可悲可叹。

此诗的主旨落在最后一句，并且诗人不是从正面围绕主题来叙述，而是从侧面落笔，这是此诗的一个显著特色。一、二两句从空间和时间描写边城深重的灾难，看来似乎是控诉吐蕃的侵占罪恶，而联系最后一句"无人解道取凉州"来看，诗人的用意是在用现实来谴责边将，正是他们的失职而带来的长期失陷，边将已成了历史的罪人。第三句以鲜明的对照，严厉谴责边将无才无德，面对失去的山河熟视无睹。这一景一情，从侧面有力地突现了主旨的表达，义正词严，酣畅淋漓。

白描直抒的边塞情趣

营州歌

高适（唐）

营州少年厌原野，狐裘蒙茸猎城下。

虏酒千钟不醉人，胡儿十岁能骑马。

作品鉴赏

唐代东北边塞营州，原野丛林，水草丰盛，各族杂居，以牧猎为生，习尚崇武，风俗粗犷放达。高适这首绝句有似风情速写，富有边塞生活情趣。

从中原的文化观念看，穿着毛茸茸的狐皮袍子在城镇附近的原野上打猎，简直是粗野的儿戏，而在营州，这些却是日常生活，反映了地方风尚。

生活在这里的汉、胡各族少年，自幼熏陶于牧猎骑射之风，养成了好酒豪饮的习惯，练就了驭马驰骋的本领。即使是边塞城镇的少年，也浸沉于这样的习尚，培育了这样的性情，不禁要在城镇附近就放达地打起猎来。

诗人正是抓住了这似属儿戏的城下打猎活动的特殊现象，看到了边塞少年神往原野的天真可爱的性格、粗犷豪放的性情和勇敢崇武的精神，感到新鲜，令人兴奋，十分欣赏。诗中少年形象生动鲜明。"狐裘蒙茸"见其可爱之态；"千钟不醉"见其豪放之性；"十岁能骑马"见其勇悍之状。这一切又都向读者展现了典型的边塞生活。

这首绝句的艺术特点是构思上即兴寄情，直抒胸臆；表现上白描直抒，笔墨粗放。诗人仿佛一下子就被那城下少年的打猎活动吸引了，出口便赞扬他们生龙活虎的行为和性格，一气呵成，不假思索。它的细节描写如实而又夸张，少年性格典型而有特点。诗人善于抓住生活现象的本质和特征，并能准确而简练地表现出来，洋溢着生活气息和浓郁的边塞情调。在唐人边塞诗中，这样热情赞美各族人民生活习尚的作品实在不多，因而这首绝句显得可贵。

有声有色的人情冷暖

雁门胡人歌

崔颢（唐）

高山代郡东接燕，雁门胡人家近边。
解放胡鹰逐塞鸟，能将代马猎秋田。
山头野火寒多烧，雨里孤峰湿作烟。
闻道辽西无斗战，时时醉向酒家眠。

作品鉴赏

这首边塞诗反映的是边塞胡人的生活。通过这首诗，可以看出诗人的民族观，他并没有因为战争而把胡人与汉人对立起来，他相信少数民族绝大多数也是爱好和平的，他们也是战争的受害者，同样渴望过一种安宁的生活。

首联"高山代郡东接燕，雁门胡人家近边"，交代了雁门郡的地理环境和当地胡人的分布状况。颔联生动地描写了雁门胡人日常的狩猎生活："解放胡鹰逐塞鸟，能将代马猎秋田。"这两句中"胡鹰""塞鸟""代马"三个意象，都是在动物前冠以一个有边塞特征的修饰词，突出其地域特点，很有边地特色。从对胡人放鹰捕鸟、骑马游猎的生活描写中，读者能真切地感受到一种富有民族特色的生活气息，令人耳目一新，仿佛看到一幅"天苍苍，野茫茫"的秋猎画面。颈联生动地刻画了边地的自然景象："山头野火寒多烧，雨里孤峰湿作烟。"这两句描绘了"野火烧山"和"雨湿孤峰"两幅画面，意象或浓或淡，或辽阔生动或静谧苍茫，而且富于季节和地域特征。两句中"寒"与"火"、"湿"与"烟"相辅相成，互相烘托，趣在其中。另外，山头野火和烟雾颇似战争中的烽火，这对于饱受战争之苦的人们来说，很容易联想到战争，行文上自然地引起下文。尾联"闻道辽西无斗战，时时醉向酒家眠"两句写饱受战争蹂躏的人们渴望和平，并在和平的环境中尽情享受生活的情景。

　　这首诗独具匠心，别开生面，生动形象地描摹了胡人的生活状态，有声有色地写出了边地少数民族好勇尚武、粗犷豪迈的精神面貌。秋日出猎、山头野烧的西北景色及胡人在和平时期从容醉酒的风习，极其新颖别致。诗中先写胡人的日常生活，然后写了一个小插曲，即误将野火雨雾当作烽烟而最终释然。在诗人笔下，胡人与汉人一样，同样厌恶战争，同样富有人情味，因此赋予了此诗凝重的反战主题。

余味深长的情义相融

逢入京使

岑参（唐）

故园东望路漫漫，双袖龙钟泪不干。

马上相逢无纸笔，凭君传语报平安。

作品鉴赏

这首诗写了诗人在西行途中，偶遇前往长安的东行使者，勾起诗人无限的思乡情绪，也表达了诗人欲建功立业的雄心及其开阔豪迈、乐观放达的胸襟。旅途的颠沛流离和思乡的肝肠寸断在诗中得以深刻体现。

"故园东望路漫漫"写的是眼前的实际感受。诗人已经离开"故园"多日，正行进在去往西域的途中，回望东边的家乡长安城当然是漫漫长路，思念之情不免袭上心头，乡愁难收。"故园"指的是在长安的家。"东望"是点明长安的位置。

"双袖龙钟泪不干"，意思是说思乡之泪怎么也擦不干，以至于把两只袖子都擦湿了，可眼泪就是止不住。这句运用夸张的修辞手法表现了诗人思念亲人之情，也为下文写捎书回家"报平安"做了一个很高的铺垫。

"马上相逢无纸笔，凭君传语报平安"，这两句是写遇到入京使者时欲捎书回家报平安又苦于没有纸笔的情形，完全是马上相逢行者匆匆的口气，写得十分传神。"逢"字点出了题目，诗人在赶赴安西的途中，遇到作为入京使者的故人，彼此都鞍马倥偬，交臂而过，一个继续西行，一个东归长安，而自己的妻子也正在长安，正好托故人带封平安家信回去，可偏偏又无纸笔，也顾不上写信了，只好托故人带个口信——"凭君传语报平安"吧。这最后一句诗，处理得很简单，收束得很干净利落，但简洁之中又寄寓着诗人的一片深情，寄至味于淡薄，颇有韵味。岑参此行是抱着"功名只向马上取"的雄心

的，此时，他的心情是复杂的。他一方面有对帝京、故园相思眷恋的柔情，一方面也有渴望建功立业的豪迈胸襟，柔情与豪情交织相融，感人至深。

这首诗语言朴素自然，充满了浓郁的边塞生活气息，既有生活情趣，又有人情味，清新明快，余味深长，不加雕琢，信口而成而又感情真挚。诗人善于把许多人心头所想、口里要说的话，用艺术手法加以提炼和概括，使之具有典型的意义。在平易之中而又显出丰富的韵味，自能深入人心，历久不忘。

独辟蹊径的和平颂歌

塞下曲四首
（节选两首）

常建（唐）

其一

玉帛朝回望帝乡，
乌孙归去不称王。
天涯静处无征战，
兵气销为日月光。

其二

北海阴风动地来，
明君祠上望龙堆。
髑髅皆是长城卒，
日暮沙场飞作灰。

▌作品鉴赏

边塞诗大多以慷慨的词情、奇丽的边塞风光、豪情报国的忠贞或深沉的乡愁为特点。常建的这组《塞下曲四首》却独辟蹊径。

其一

第一首诗既未渲染军威声势，也不慨叹时运，而是立足于民族和睦的高度，讴歌了化干戈为玉帛的和平友好的主题。自古以来，中央朝廷与西域诸族的关系就时好时坏，时有弛张。诗人却着力对团结友好的关系加以热情的赞颂，让明媚的春风驱散弥漫一时的滚滚狼烟，赋予边塞诗一种全新的意境。

诗的前两句，是对西汉朝廷与乌孙民族友好交往的生动概括。"玉帛"

第五章　边塞爱国诗　善描边塞　和善一家

指朝觐时携带的礼品。《左传·哀公七年》有"禹合诸侯于涂山，执玉帛者万国"之谓。"执玉帛上朝"是一种臣服和归顺的表示。"望"字下得笔重情深，乌孙使臣朝罢西归，而频频回望帝京长安，眷恋不舍离去，暗示恩重义深。"不称王"表明乌孙归顺，边境安定。乌孙是生活在伊犁河谷一带的游牧民族，为西域诸国中的大邦。诗人首先以诗笔来讴歌这段历史，虽只寥寥数语，却以少括多，用笔之妙，识见之精，难能可贵。

一、二句平述史实，为全诗铺叙。三、四句顺势腾起，形成高潮。"天涯"上承"归去"，乌孙朝罢西归，马足车轮，邈焉万里，这辽阔无垠的空间，就隐隐从此二字中见出。"静"字显得尤为有力。玉门关外的茫茫大漠，曾经是烽烟不绝的兵家要塞，如今却充满和平宁静的气氛。这是把今日的和平与昔时的战乱作明暗交织的写法，于无字处寓有深意，是诗中之眼。诗的结句雄健入神，情绪尤为昂扬。诗人用彩笔绘出一幅辉煌画卷：战争的阴霾消散净尽，日月的光华照彻寰宇。这种理想境界，体现了各族人民热爱和平、反对战争的崇高理想，是响彻入云的和平颂歌。"兵气"，用语字新意炼。不但扣紧"销"字，直贯句末，且与"静处"切合，将上文缴足，环环相扣，沈德潜诩为"句亦吐光"，可谓当之无愧。

其二

第二首诗中呈现出沙场日暮，骷髅灰飞，阴风地动，一片凄楚的景象。诗人来到长城塞上，北方阴风强吹，阵阵袭来，气候不佳，空见塞外的昭君祠，客死塞外尽望乡，长城线上皆是士兵的白骨，一派荒凉的景象，风沙吹来，灰飞烟灭，可怜塞上战死的无名英雄连安葬的地方都没有。

昭君是历史上为和平、为忠爱国家而牺牲自我的女子，塞外苦寒的异地上留有昭君祠，陪伴着塞外戍守的长城卒，一同悲歌。

第六章

干谒酬赠诗　善解人意　与人为善

在自己的身份、地位远远高于别人的情况下，我们应该怎样对待别人，尤其是对待那些在眼前过得并不如意的人呢？唐人和他们的诗歌告诉了我们关于这个问题的答案。

我们就以项斯为例。项斯在很年轻的时候就考中进士。唐人有一句俗话："三十老明经，五十少进士。"意思是说，如果一个人在三十岁时考上明经，那他的年龄未免有些大了，如果一个人在五十岁时考上进士，那么在进士里面他还算是年轻人呢。项斯早早地考上了进士，这在人才辈出的唐代是很不容易的，也可以想象项斯的才学确实很不一般。考上进士以后，项斯做过丹徒县的县尉，治理县城也很有办法。本来诗才出众，为官也尽职尽责，应该得到赏识和升迁。可是，不知道为什么，他一直没有升迁的机会，也一直没有成为声名显赫的人。是啊，人生的际遇总有许多说不清楚的地方，人也总有许多不甚如意的时候。

鉴于自己的这种处境，项斯想到了自我推荐，会昌三年（公元843年），项斯听说国子祭酒杨敬之，最喜提携后辈，便带着自己的诗作前去谒见。杨敬之原来就听说过项斯其人，听说他的诗写得不错，这次项斯登门拜见，杨敬之就十分热情地和项斯会面了。项斯在拜见杨敬之之前，一定是希望能够得到杨敬之的援引的，但他大概不会想到杨敬之会在他的人生中起到一个怎样的作用，扮演了一个怎样的角色。毕竟，干谒杨敬之的人一定不在少数。

杨敬之与项斯相见的情景，今天的我们是不可能亲眼看到了。可是凭借杨敬之留下的一首《赠项斯》，我们还是不难想象他们的相见一定是非常愉快的：

> 几度见诗诗总好，及观标格过于诗。
> 平生不解藏人善，到处逢人说项斯。

颇有诗才的项斯站在杨敬之的面前，杨敬之便觉得项斯不但才学过人，而且风度儒雅、品格高超，比他读项诗时想象得还要玉树临风，言谈举止之间显示出不同一般的人格风范，颇有人中龙凤的味道。杨敬之对他十分赏识，觉得对待这样的人才，不能不予爱惜。于是，他冒着会被人说成是故意标榜的嫌疑，写下了《赠项斯》。是的，对于杨敬之来说，遇见才华如此出众的人，遇见会对朝廷做出贡献的人，怎能轻易错过呢？自身品德的高尚，使杨敬之乐于奖掖后学。"平生不解藏人善，到处逢人说项斯。"他不仅是在诗中这样说的，在实际生活中，他也是这样做的。而项斯正是因为杨敬之的热心推荐，在朝廷中名声大振，很快就脱颖而出了。

今天"说项"也成了一个很有诗意的典故，不过可惜的是这个词的感情色彩有点变味，更多地被用在为不合理的事情的游说上。杨敬之大公无私，品德高尚，乐于奖掖后学，一首《赠项斯》使他得到了无数人的尊敬。古人尚且如此，如今我们更应该从中得到许多的启示。我们应伸出手帮助别人，做到公正、正直、无私，不计较个人的名利得失，给别人以快乐和更好的机会。祝福别人的同时，也提高了自己，像杨敬之一样，褒扬了项斯，也在唐代的诗歌王国中留下了一首极具人格魅力的诗作，同时他的行为也被人们铭记——在今天，我们把"满口赞誉""极口项斯"或"称项"作为词语来使用。

杨敬之是一个正面的例子。但也有傲慢轻狂，不知道与人为善的例子。

著名诗人刘禹锡，他一生的经历十分坎坷，本是很早就踏上仕途，但并未官运亨通，而是一直起伏不定，做官时也只是做比较小的官，有时是刚升了官，尚未到职又被降官。

贞元末年时，刘禹锡已经为官多年，当时他的官虽然不大，但因为他诗名在外，又总归是身居京师的有官职的人，向他请教诗文的人数量还是不少的。一天，他接见了一位进京赶考的举子牛僧孺。

牛僧孺，字思黯，安定鹑觚（今甘肃灵台）人。祖父牛绍，官至太常博士。父牛幼闻，仕宦不显，仅为华州郑县（今陕西华县）尉。牛僧孺幼时随父客居郑县，六岁因父病故，遂养于庐陵禾川（今江西吉安）外家周氏。十五岁时，始迁寓于长发城下杜樊乡（今陕西长安县境内）祖业。藉赐田数顷，依以为生。从此他孜孜不倦，学业日有长进。牛僧孺二十几岁时进京参加进士考试，因为早就听说刘禹锡的才名，他一到京城，就急于去拜见自己倾慕已久的这位官员，他心想：自己的诗文写得不错，应该会得到刘禹锡的赏识吧？在即将进入考场的这个时候，他人的推荐是多么重要呀。

牛僧孺拿着自己的诗作去拜见刘禹锡，刘禹锡看了他的诗作，很是不以为然，拿起笔来便在纸上涂改起来。看见自己的得意之作就这样在对方眼里一文不值，牛僧孺的自尊心大受打击，原来的满腔热情化作了一块寒冰，他带着无限的失望离开了。不能被刘禹锡赏识的牛僧孺狼狈地离开了，但他并没有就

141

此放弃自己的努力。自己的诗文真的不好吗？自己的才能真的就那么不堪吗？牛僧孺不太相信，带着些许受到打击的落寞，牛僧孺决定再去拜见另一位为官又有诗才的人——韩愈。

韩愈看到牛僧孺的文章，大为赞赏。当然，也可能是牛僧孺的诗文更契合韩愈本人的意向，后来，韩愈向朝廷大力推荐牛僧孺，而牛僧孺自己本身也十分出色。永贞元年（公元805年），他又受到宰相韦执谊的青睐，他在当年的考试中果然中了进士，并很快被授予官职，释褐任伊阙尉。后来牛僧孺成为一位声名显赫的官员，进入官场十几年就官至宰相。而当年没有看得上牛僧孺诗作的刘禹锡则一直仕途坎坷。

大和八年（公元834年），刘禹锡赴汝州刺史任路过扬州，在扬州，他见到了驻守扬州时任淮南节度使的牛僧孺。牛僧孺此时的官职自然是远在刘禹锡之上了，牛僧孺便为刘禹锡接风摆酒。昔日小心翼翼，希望能够得到援引的白衣士子已经成为高高在上的朝廷大官；而昔日意气风发，神采飞扬的官员已经垂垂老矣，且很不得志。在酒宴上，牛僧孺面对刘禹锡这个多年之前曾对自己颇为不屑的人，挥笔写下《席上赠刘梦得》：

> 粉署为郎四十春，今来名辈更无人。
>
> 休论世上升沉事，且斗樽前见在身。
>
> 珠玉会应成咳唾，山川犹觉露精神。
>
> 莫嫌恃酒轻言语，曾把文章谒后尘。

时隔多年，刘禹锡也许早就忘记了自己曾经批点过牛僧孺的诗文，而当看到这首《席上赠刘梦得》后，他记忆深处的一些东西被唤起了：原来，眼前的这位显赫的官员竟曾向自己干谒过，而当年的自己竟然轻薄地侮辱了他。三十年河东，三十年河西，昔日的白衣士子今天已是赫赫高官了，而自己当时还是壮志踌躇、意气风发，而今却已老病缠绵，在望不到前途的路上颠沛流离，百感交集的刘禹锡写下《酬淮南牛相公述旧见贻》，以为作答：

> 少年曾忝汉庭臣，晚岁空馀老病身。
>
> 初见相如成赋日，寻为丞相扫门人。
>
> 追思往事咨嗟久，喜奉清光笑语频。

犹有当时旧冠冕，待公三入拂埃尘。

这首诗中，刘禹锡把牛僧孺比作汉代以文章两司马之一著称的司马相如，把自己曾经见过牛僧孺诗文的那天称作是"相如成赋日"，称自己追思当日往事的时候，只有久久的嗟叹，但欣慰的是丞相并没有因自己原来的失礼而怪罪埋怨。

对牛僧孺来说，今日见刘禹锡自然是扬眉吐气了；而对刘禹锡来说，今日再相逢的滋味自然很不好受。造成今日尴尬难堪的局面，刘禹锡自己显然要负很大的责任。比起韩愈来，他少了宽容的气度，少了对弱者真挚的同情。不过，再次相见之时，他坦荡磊落地承认自己的错误，直言自己的歉意，这也算是十分可贵了。而从刘禹锡和牛僧孺的此番经历中，我们是不是也应该追思自己的所作所为，想一想我们是如何对待他人的，是冷落、气傲、自傲，是指手画脚，还是慈悲、宽容？

人生如棋，人生如戏，当你做考官面试他人，当你做主管指挥他人，当你……记住多一些与人为善的宽容和理解。在这方面，劝君莫做刘禹锡。

唐人王播有一首《题木兰院二首》，提起来，这又是一段折射世态炎凉的"碧纱笼"的故事。

王播年幼时父母双亡，家境十分贫寒，而少年的他并没有因为贫寒向现实生活低头，为了改变自己的命运，他发奋攻读诗书。

多年以后，高官在座的王播故地重游，路过扬州，看到眼前的情景，回忆起当年自己曾经受到的冷遇，感慨油然而生，挥笔写下了《题木兰院二首》：

> 三十年前此院游，木兰花发院新修。
>
> 如今再到经行处，树老无花僧白头。
>
> 上堂已了各西东，惭愧阇黎饭后钟。
>
> 三十年来尘扑面，如今始得碧纱笼。

有时候，别人需要我们的帮助，我们也帮助了别人，而因为这一点，我们中的一些人可能就以为足够了，就有了凌驾于他人之上的资本，就可以对曾经接受过自己帮助的人为所欲为了，他们不在乎别人的感受、感情、自尊。其实，帮助别人不容易，但一如既往地帮助别人更不容易，我们应该把帮助别

的初心一直保留下来，所谓"靡不有初，鲜克有终"，说的就是人保持初心之难，既然我们已经向他人伸出了援助之手，就把这手一直伸给对方吧，不过是我们的一餐饭、一个笑脸和一句话语，虽对我们是如此简单，可对他人却是春天一样的温暖，流水一样的悠长。

其实，有时候，帮助别人就是帮助自己。

善藏其意　托喻既深

闺意献张水部

朱庆馀（唐）

洞房昨夜停红烛，待晓堂前拜舅姑。

妆罢低声问夫婿，画眉深浅入时无？

作品鉴赏

以夫妻或男女爱情关系比拟君臣以及朋友、师生等其他社会关系，乃是中国古典诗歌从《楚辞》就开始出现并在其后得到发展的一种传统表现手法。此诗也是用这种手法写的。

"近试上张水部"这个标题别名可以帮助读者明白诗的写作意图，唐代应进士科举的士子有向名人行卷的风气。临到要考试了，朱庆馀怕自己的作品不一定符合主考官的要求，因此以新妇自比，以新郎比张籍，以公婆比主考，写下了这首诗，征求张籍的意见。

古代风俗，头一天晚上结婚，第二天清早新妇才拜见公婆。此诗描写的重点乃是她去拜见公婆之前的心理状态。首句写成婚。洞房，这里指新房。停，指安置。停红烛，即让红烛点着，通夜不灭。次句写拜见。由于拜见是一件大事，所以她一早就起了床，在红烛光照中梳妆打扮，等待天亮，好去堂前行礼。这时，她心里不免有点嘀咕，自己的打扮是不是很得体呢？也就是能不能讨公婆的喜欢呢？因此，后半便接写她基于这种心情而产生的言行。在用心梳好妆、画好眉之后，新娘还是觉得没有把握，只好问一问身边丈夫的意见了。由于是新娘子，当然带点羞涩，而且，这种想法也不好大声说出，怕让旁人听到，于是这低声一问，便成为极其合情合理的了。这种写法真是精雕细琢，刻画入微。

仅仅作为"闺意"，这首诗就已经是非常完整、优美动人的了，然而诗

人的本意，在于表达自己作为一名应试举子，在面临关系到自己政治前途的一场考试时所特有的不安和期待。应进士科举，对于当时的知识分子来说，乃是和女孩出嫁一样的终身大事。如果考取了，就有非常广阔的前途。反之，就可能蹭蹬一辈子。诗人的比拟来源于现实的社会生活，在当时的历史条件之下，很有典型性。即使如今看来，读者也不能不对他这种一箭双雕的技巧感到惊叹。

珠联璧合　酬答俱妙

酬朱庆馀

张籍（唐）

越女新妆出镜心，自知明艳更沉吟。
齐纨未是人间贵，一曲菱歌敌万金。

作品鉴赏

"越女新妆出镜心"说的是越地出美女，而朱庆馀恰好又是越州人，这简直是天缘巧合，于是诗人把朱庆馀比作一个刚刚经过修饰打扮，从清澈明净、风景优美的鉴湖中走出来的采菱女。这一句，表面上说越女天生丽质，再加上精心的妆饰打扮，自然更加美艳动人，实际上是说朱庆馀有良好的先天素质，再加上后天的刻苦学习，自然是德才兼备，文质彬彬。

"自知明艳更沉吟"，表面上是说采菱女也知道自己长得漂亮，但因过分爱美，却又自我思量起来，实则是说朱庆馀虽然也知道自己的文章不错，但还没有足够的信心，不知道自己是否能得到考官的赏识。诗的后两句，紧扣"更沉吟"三个字，针对朱庆馀的疑虑，做了肯定的回答，同时也流露出诗人对朱庆馀的赞赏之情。

"齐纨未是人间贵"，这句表面上是说，尽管有许多别的姑娘身上穿着齐地出产的精美绸缎做成的衣服，却并不值得世人看重。"齐纨"，在这里比喻表面的、花哨的东西。整句是说，华而不实的东西并不值得看重，言外之意是，朱庆馀并不是一个华而不实、徒有其表的人，自然引出最后一句"一曲菱歌敌万金"。

"一曲菱歌敌万金"，《采菱曲》是古曲，是高雅的曲子，在这里意指真才实学。一益高雅的《采菱曲》比万金都有价值。同时也是告诉朱庆馀："你的文章很有价值，我很欣赏，金榜题名没有问题。"结合后两句，诗人除

回答了朱庆馀的疑问以外，还肯定了朱庆馀的德行文章。

该诗表达含蓄蕴藉，趣味横生，当人们透过它的字面意思而体味到它的内在含义的时候，往往不由自主地发出会心的微笑。全诗四句浑然一体，结构严谨。前两句针对朱庆馀的原诗，首先肯定了朱庆馀的人品和文章，指出他虽自负才华但仍信心不足；三四两句紧扣"更沉吟"三字，一方面回答了朱庆馀的疑问，另一方面对朱庆馀的文章作了高度评价。

深沉蕴藉　苦思相念

酬乐天频梦微之

元稹（唐）

山水万重书断绝，念君怜我梦相闻。

我今因病魂颠倒，唯梦闲人不梦君。

作品鉴赏

　　元稹的这首酬答小诗构思相当奇巧，感情极其诚挚。虽然全诗只有四句，却把诗人对好友的无限感念之情和内心世界的凄苦心境描写得淋漓尽致。

　　白居易字乐天，元稹字微之，从诗的题目即能体会诗人与老友的深厚友情。

　　元稹贬通州，白居易谪江州，两地迢迢数千里，通信十分困难。因此，诗的一开始就说"山水万重书断绝"。此时好不容易收到白居易寄来的一首诗，诗中告诉元稹，前一天晚上又梦见了他。老朋友感情这样深挚，使他深深感动。诗的前两句，诗人首先感叹由于"山水万重"的阻隔，常常会使人的通信断绝，因此能得到好友的寄诗是不容易的，而从好友的诗中又得知好友连梦中都在关切着他的境遇，这种人世间珍贵的深挚友情，使诗人感深肺腑。这两句直叙诗人贬谪之后处境的艰难与心情的郁闷。这种艰难，不光是反映在山水万重上，更体现在由此导致的音书断绝上，这种郁闷，不仅仅是因为身处荒僻之地的无聊穷困，更多的是因为很难得到好友的消息。

　　"念君怜我梦相闻"一句，表面看来似是经千难万险，诗人终于收到好友的来信，知悉还有远在异地思念入梦的情景，不禁感慨万千，夜不能寐。后两句，诗人紧扣好友寄诗中的急切询问，作了深情的回答。两诗都没有直接叙述自己对好友的思念和挂牵，而是用写梦来抒难尽之情，但写法又各辟蹊径：白居易的寄诗主要以反问的语气，用如梦后的苦思来表示对好友境遇的关切；

而元稹的诗，虽是从正面回答，但构思也同样精巧，他回答好友自己因病魔缠身，又梦到一些闲人而感到痛苦。前者"梦相闻"，后者"不梦君"，这一唱一和，表面看去是如此截然不同，可是奠定了感情基础，都是来自两人彼此苦思相念之情。这既符合酬答诗在内容上要彼此相应的基本要求，又在构思上独处机杼，使人于同中见异。酬答诗在形式上也有严格的要求，它要求和诗与原诗必须题材主题相同、诗体相同、用韵相同，有的甚至连韵脚字词都要相同。而元稹这首诗能在如此短小的篇幅中，依照酬答诗的形式要求，写得如此深沉蕴藉、形神俱肖、富有包孕，为历代诗评家视为酬答诗中的佳作。

全诗纯用白描，几乎没有一点设色布景之处，也丝毫没有生涩拗口之语，但是人物形象生动隽永，情调境界感人肺腑。特别是作为一首次韵和诗，在押韵韵脚受到严格限制的情况下，能匠心独运、别出心裁地写出这首诗，更显其难能可贵。

梦里梦外　深情厚谊

梦微之

白居易（唐）

夜来携手梦同游，晨起盈巾泪莫收。
漳浦老身三度病，咸阳草树八回秋。
君埋泉下泥销骨，我寄人间雪满头。
阿卫韩郎相次去，夜台茫昧得知不。

作品鉴赏

　　这首《梦微之》是白居易在元稹离世九年后所作的一首七言律诗。其中颈联"君埋泉下泥销骨，我寄人间雪满头"，古往今来更不知有多少人为它而伤怀！

　　公元801年，30岁的白居易在长安结识了23岁的元稹，他们都被对方的文采深深折服，政治上又都反对宦官专权、提倡轻徭薄赋。真是相见恨晚！为了实现古代仕人怀有的那份安邦定国的宏伟抱负，二人同时参加了吏部的制科考试，并且同时当上校书郎。虽是个闲官，倒也可自得其乐。饮酒赋诗赏花听书，好个诗酒风流！后来，元稹因敷水驿事件得罪宦官，被贬下放，白居易以死上书无效。公元815年，元稹被贬为通州司马，同年白居易被贬为江州司马，同是天涯沦落人！此后，二人只能互通书信、倾诉衷肠。公元831年，60岁的白居易正赋闲于东都洛阳，惊闻元稹病逝于武昌，悲痛不已！当元稹的灵柩途径洛阳时，白居易挥泪写下祭文。

　　"夜来携手梦同游，晨起盈巾泪莫收。"梦中乐天与微之重逢，二人携手同游，他们可能意气风发地畅谈天下大事、黎明苍生；可能痛斥那宦海风波、官场污浊；可能耻笑那魑魅小人、假义君子……可是梦总有醒来的时候。泪水打湿了诗人的绢帕，老泪纵横也无心擦拭了。时年，白居易已经是一位风

烛残年的老人。他想起了元稹当年还和过他的一首诗，诗中有这么两句："我今因病魂颠倒，惟梦闲人不梦君。"确实，生时不能相见，梦见还可以慰藉相思，梦不见是悲痛的。可是，死后故人梦更是痛彻心扉！明知此生不能再见，却又一遍遍回忆着逝去的时光，每每回忆一次，都是一遍强于一遍的无奈忧伤！死亡切断了所有一切可能的念想！

"漳浦老身三度病，咸阳草树八回秋。"诗人说他自己在漳浦这个地方已经生了几次病了，长安城草生草长，在不知不觉间已有八个年头。时间蹉跎了芳华，元稹死后，诗人只是淡漠地看着长安城的草生草长。如果人的生命也能够像草生草长一样该多好，就像诗人16岁时写下的《赋得古原草送别》一样："野火烧不尽，春风吹又生。"诗人与元稹一别已是九年，而且还会有好几个九年，直到他自己也身赴黄泉。

"君埋泉下泥销骨，我寄人间雪满头。"元稹埋在黄泉之下，泥土侵蚀着他的身体，也许早已和泥化作尘土，诗人也只是顶着满头白发暂时居住在人间。白居易是一位"深入浅出"型的沉思者：孤高、正直、磊落、坦荡。这句话正是白诗在字面、形式上看似浅显，而情意、内涵甚深的表现。诗人写下这首诗时，身边不是缺乏朋友，亦不是敌人泛滥。拉法特曾说："没有朋友也没有敌人的人，就是凡夫俗子。"诗人恰好不是个凡夫俗子，他一生的朋友是很多的，比如李商隐就是他的忘年交。也正因为如此，在时隔九年后，他的这份思友之情才愈显得弥足珍贵！

"阿卫韩郎相次去，夜台茫昧得知不。"阿卫是元稹的小儿子，韩郎是元稹的女婿。他们都先后死去了，黄泉渺茫昏暗能够知道这些吗？高寿的诗人目睹了后辈们的离去。一方面，活着的人想要知道死去的人的情况；另一方面，活着的人总是念念不忘地将人世间的新鲜事儿祷告给死者，纵然知道是徒劳，还是怀着这份希望。《古诗十九首·去者日以疏》中有言："去者日以疏，来者日以亲。"当诗人看着去者已去经年，而来者亦已成去者，这是内心多么大的荒凉！

人生得一知己足矣，斯世当以同怀视之！

委婉曲折　入情入理

节妇吟·寄东平李司空师道

张籍（唐）

君知妾有夫，赠妾双明珠。

感君缠绵意，系在红罗襦。

妾家高楼连苑起，良人执戟明光里。

知君用心如日月，事夫誓拟同生死。

还君明珠双泪垂，恨不相逢未嫁时。

作品鉴赏

　　此诗通篇运用比兴的手法，委婉地表明自己的态度。单看表面完全是一首记叙男女情事的言情诗，骨子里却是一首政治抒情诗，题为《节妇吟》，即用以明志。

　　此诗似从汉乐府诗的《陌上桑》《羽林郎》中脱颖而来，但较之前者更委婉含蓄。

　　首二句中的"君"，喻指藩镇李师道，"妾"是自比，十个字突然而来，直接指出李师道的别有用心。

　　接下去诗句一转，说道："我虽知君不守礼法，然而又为你的情意所感，忍不住亲自把你所赠的明珠系在红罗襦上。"表面看，是感李师道的相认知己，如果深一层看，话中有文章。

　　继而又一转，说自己家的富贵气象，良人是执戟明光殿的卫士，身属中央。古典诗词，传统的以夫妇比喻君臣，这两句意谓自己是唐王朝的士大夫。

　　紧接两句作波澜开合，感情上很矛盾，思想斗争激烈：前一句感谢对方，安慰对方；后一句斩钉截铁地申明己志——"我与丈夫誓同生死"。

　　最后以深情语作结，一边流泪，一边还珠，言辞委婉，但意志坚决。

　　诗中所说"双明珠"是李师道用来拉拢、引诱诗人为其助势的代价，也就是常人求之不得的声名地位、富贵荣华。诗人慎重考虑后委婉地拒绝了对方的要求，做到了"富贵不能淫"，守住了自己的严正立场。但当时李师道是个炙手可热的藩镇高官，诗人并不想得罪他，让他难堪，因此写了这首非常巧妙的双层面的诗去回拒他。

　　此诗富有民歌风味，在心理刻画中显示，它的一些描写写得如此细腻、熨帖，入情入理，短幅中有无限曲折，真所谓"一波三折"。

　　此诗词浅意深，言在意外，含蓄地表达了诗人的政治立场。全诗情理真挚，心理描写细致入微，委婉曲折而动人。除了它所表现的是君子坦荡胸怀这一因素外，其在艺术上的高妙也是促使它成为名作的重要原因。据说由于这首诗情词恳切，连李师道本人也深受感动，不再勉强。

委婉含蓄　真情流露

临洞庭上张丞相

孟浩然（唐）

八月湖水平，涵虚混太清。

气蒸云梦泽，波撼岳阳城。

欲济无舟楫，端居耻圣明。

坐观垂钓者，徒有羡鱼情。

作品鉴赏

张丞相即张九龄，也是著名的诗人，官至中书令，为人正直。孟浩然想进入政界，实现自己的理想，希望有人能引荐。他在入京应试之前写这首诗给张九龄，就含有这层意思。

诗的开头两句交代了时间，写出了浩瀚的湖水。湖水和天空浑然一体，景象是广阔的。"涵虚"，高空为水所包含，即天倒映在水里。"混太清"即水天相接。这两句是写站在湖边，远眺湖面的景色，写的是洞庭湖极开朗也极涵浑，汪洋浩阔，与天相接，润泽着千花万树，容纳了大大小小的河流。

三、四两句继续写洞庭湖的广阔，但目光又由远及近，从湖面写到湖中倒映的景物：笼罩在湖上的水气蒸腾，吞没了云、梦二泽。云、梦是古代两个湖泽的名称，据说云泽在江北，梦泽在江南，后来大部分都淤成陆地。西南风起时，波涛奔腾，涌向东北岸，好像要摇动岳阳城似的。"气蒸云梦泽，波撼岳阳城"与王维的诗句"郡邑浮前浦，波澜动远空"有异曲同工之妙。这两句被称为描写洞庭湖的名句，但两句仍有区别：上句用宽广的平面衬托湖的辽阔，下句用立体的动态来反映湖的声势。诗人笔下的洞庭湖不仅广阔，而且还充满活力。

五、六两句转入抒情。"欲济无舟楫"是从眼前景物触发出来的，诗人

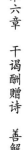

155

面对浩瀚的湖水，想到自己还是在野之身，要找出路却没有人引荐，正如想渡过湖去却没有船只一样。对方原是丞相，"舟楫"这个典用得极为得体。"端居耻圣明"是说在这个"圣明"的太平盛世，自己不甘心闲居无事，要出来做一番事业。这两句是正式向张丞相表白心事，说明自己目前虽然是个隐士，可是并非本愿，出仕求官还是心之向往的，不过还找不到门路而已。言外之意希望对方予以引荐。最后两句，再进一步向张丞相发出请求，说自己坐在湖边观看那些垂竿钓鱼的人，却白白地产生羡慕之情。"垂钓者"暗指当朝执政的人物，其实是专就张丞相而言。这里，诗人巧妙地运用"临渊羡鱼，不如退而结网"（《淮南子·说林训》），另具新意；而且"垂钓"也正好同"湖水"照应，因此不大露出痕迹。诗人借这句古语来暗喻自己有出来做一番事业的愿望，只怕没有人引荐，所以这里说"徒有"。希望得到对方帮助的心情是在字里行间自然流露出来的。

　　作为干谒诗，最重要的是要写得得体，称颂对方要有分寸，不失身份。措辞要不卑不亢，才是第一等文字。这首诗委婉含蓄，不落俗套，艺术造诣上自有特色。

激情抒怀　高古淡远

赠清漳明府侄聿

李白（唐）

我李百万叶，柯条布中州。

天开青云器，日为苍生忧。

小邑且割鸡，大刀仁烹牛。

雷声动四境，惠与清漳流。

弦歌咏唐尧，脱落隐簪组。

心和得天真，风俗犹太古。

牛羊散阡陌，夜寝不扃户。

问此何以然，贤人宰吾土。

举邑树桃李，垂阴亦流芬。

河堤绕绿水，桑柘连青云。

赵女不冶容，提笼昼成群。

缫丝鸣机杼，百里声相闻。

讼息鸟下阶，高卧披道帙。

蒲鞭挂檐枝，示耻无扑挟。

琴清月当户，人寂风入室。

长啸一无言，陶然上皇逸。

白玉壶冰水，壶中见底清。

清光洞毫发，皎洁照群情。

赵北美佳政，燕南播高名。

过客览行谣，因之诵德声。

■ 作品鉴赏

　　这首诗共四十句，每八句用一韵，为一层诗意，共五层诗意。声韵随情而变，平仄互换。诗中描绘清漳政通民和，风俗淳古，礼乐之乡，歌颂贤吏李聿。《全唐诗》有李聿小传，曾作清漳令，后为尚书郎。从全诗中反映了李白无为而治的政治理想，并形象地描绘出理想的社会蓝图，充满着自信和豪情。

　　诗从开端到"惠与清漳流"为第一层，紧扣诗题，概略介绍李聿的才识、气质、治邑的惠政，预示其是前途远大、无可限量的风云人物。开端两句概述李氏家族，传宗百万代（夸张说法），宗干支脉，遍布中州大地。这种介绍法，因始祖为道圣李耳，当今又是李氏天下，颇引以为自豪和荣耀。用以衬托下面对李聿的介绍。李聿作为县令，日日为苍生忧患。这四句以树木的繁盛比喻李氏繁衍百代，而遍布全国。又以"青云器"比况其才能德性，正因如此，李聿才日日替百姓着想，为百姓生活能幸福安居而日夜思虑谋划。这是李白理想中的贤吏形象，对于现实的李聿，可能更富于理想化了。接着又用四句诗，概括其政绩。前两句化用孔子的话。孔子观子游治武城，闻弦歌声，曾感慨地说："割鸡焉用牛刀。"李白用此典故是说李聿是治国的大才，治理清漳小邑，如同用宰牛刀割鸡，将来前途如大刀宰牛，必有大用。因其大德大才治邑，德政如雷声响遍四境之内，其给予百姓的好处，又如清漳水流滋润着全县百姓。这就使"青云器""苍生忧"的形象具体化了，开花结果了。李聿不愧为李氏的后代，为李氏又争了光。

　　接着诗人又用八句诗写李聿以礼乐治邑，邑清民安——路不拾遗、夜不闭户，不让太古之风。前两句写李聿如同孔子弟子子游治理武城邑一样，以礼制教化百姓，以歌声感化百姓，音乐之声，唐尧之曲，深入人心。而县令李聿却是不拘礼法，脱略官服而不顾，颇似隐士。县令风度惠及百姓，民心和而得天真之性，民风淳朴如上古三皇之世。白日牛羊散在田间南北通行的道路上，而入夜，家家不闭户，也不担心被盗。中间这四句描绘出一个理想社会图景，人性天真疏放，淳朴自然，礼让谦和，不争不贪，无贫无富之分。正因如此、诗人以惊异之情，询问百姓，探究其原因，得到了"贤人宰吾土"的满意回答，点逗出诗眼。吏治非常重要，德教也是非常重要的。这就具体点明李聿的治政思想和个性。

　　接着诗人再用八句诗，写百姓安居乐业，发展生产，民无游闲好逸之徒，吏无苛政繁扰。县人遍植桃李树，树树垂荫，散发芳香。河堤绕着河水，桑柘树连排，远及青云。美女不打扮妖冶之容，白天成群结队，提笼采桑。夜间缫丝织布，机杼和鸣，百里之内，声息相闻。八句诗状出百姓的生活：男耕女织，各安其业，社会繁荣，发达兴旺，民富可知。这正是礼乐弦歌教化的结果。诗人通过描写百姓这个侧面颂扬李聿德政治绩。照应"为苍生忧"句。再次证明治政美过于安民，感化人心。唯此才能"我无为而民自化"，李聿正是这样的官吏。惠及百姓后，而心自安无忧。

接着诗人用八句诗，写邑内政治安定，民无诉讼，贤吏逸豫。诗人形象地描写官衙内无讼事，群鸟落在官衙台阶上，而县令却依然高卧北窗下，翻阅着道家书籍。官衙檐边挂着用蒲草编的鞭子，用来对犯罪人行刑，只是表示羞辱之意罢了。在皓月当空，月光入户之时，琴声清悠。人息静寂，风吹入室，此时县令李聿长啸抒心，无言高卧，和乐安详。"讼息"一句化用谢灵运《斋中读书》的"虚馆绝诤讼，空庭来鸟雀"之意，以示政通民和，民绝诉讼。"高卧"句又引用陶渊明为彭泽令，高卧北窗下，翻阅书籍，抚无弦之琴以自乐的典故。"蒲鞭"二句，又用东汉南阳太守刘宽的典故，人有过失，但用蒲鞭捶打，而不用苦刑，表示羞辱之意，令其知耻而改过。李白在这八句诗中频用典故，赞美李聿如陶潜、刘宽治邑以德，而不唯刑。民知礼而耻过，政治清明。这是百姓乐业在政治上的必然反映，是诗意的深化。

诗中结尾八句，集中笔墨赞美李聿为官清廉，洞察民情，明辨是非，公正无私。前四句化用鲍照《代白头吟》中"清如玉壶冰"的诗意，进而表示李聿官清如玉壶冰水，清澈见底。清光可见毫发，白亮透明可照群人之情。这四句诗喻人至美，本质圣洁，光彩照人，是一位内外一致彻底透明的人物，为官自然清如水、明如镜，为民造福。这就是诗人所称赞的"贤人"。接着诗人再用四句赞美李聿的佳政：燕赵百姓，同颂其嘉政，共传其美名，而我李白这位过客，观赏行人歌谣，因为这个缘故，歌诵你的德政与美好声誉。这八句诗采取比较与间接写法，刻画李聿的形神美，超出清漳，越及燕赵，传名当世，流芳百世。总结全诗，照应开端。收结有力，余音绕梁，回味无尽。

李白所颂扬的清漳县令李聿，体现出了他的贤能政治理想。同时诗人也对现实中信谗任佞、贪官鱼肉人民表示否定。他更希望李氏子弟不辱李氏宗祖，不辱李氏王朝，做无愧于百姓的父母官，如李聿一样，治理好地方，惠及百姓。这就是李白以饱满的热情歌颂李聿的原因，也是李白所追求的人生价

值。然而李白为社会开出这一良方，并没有被当时的统治集团所接受。同前贤一样，只能存在古代所谓圣贤的头脑里、口头上、文字中，只是空想而已。李白也不例外，这是由封建统治阶级的利益所决定的。

李白这首五言古诗写得高古淡远，纵横变化，开唐代五古格高意远，神情横逸，变化神奇的正风，是唐人五古中的佳作。

参 考 文 献

［1］陈露.赠答诗,一种艺术的交往符号［D］.广州：暨南大学,2012.

［2］黄珍妹.唐代金陵怀古咏史诗研究［D］.漳州：闽南师范大学,2016.

［3］乔力.唐诗名篇的人生哲理［M］.北京：海潮出版社,2006.

［4］莎日娜.中唐干谒诗研究［D］.呼和浩特：内蒙古师范大学,2014.

［5］王建利.唐诗中和谐意味的审美分析［D］.兰州：西北民族大学,2007.

［6］左英英.中晚唐送别诗研究［D］.沈阳：辽宁大学,2011.